살짜쿵 군대요리

살짜쿵

군대요리

김지우 지음

요리는 대형 삽!
국자 들고 군대를 지키는
취사병의 세계

산지니

훈련소: 당신에게 가장 맛있는 음식은?

Q. 군대에서 요리란?

A. 모든 욕구가 단절된 공간에서 국가가 허락한 유일한 탈.출.구.

네이버에 데이트 추천을 검색하면 무엇이 나올까? 영화에 나올 법한 로맨틱한 데이트 장소? 아니면 즐거운 체험으로 가득한 놀이공원? 그보다 먼저 나오는 건 항상 맛집이다. 강남 데이트를 검색해도, 의정부 데이트를 검색해도 마찬가지다. 검색 결과 열 건 중 여덟아홉 건은 맛집 추천이다. 다들 먹는 것이 아니라면 어떻게 연애할지 궁금하다. 대부분의 사교 모임 역시 먹는 것으로 이어진다. 1차로 밥을 먹고 2차로 카페에 가기 때문에 디저트 먹을 배는 남겨놓으라는 말까지 있다. 가만 보면 우리는 먹는 걸 참 좋아한다. 우리 선조들이 대식가라서 서양인들이 놀랐다는 기록은 쉽게 찾을 수 있으며* 어떤 업체는 우리를 배달의 민족이라고까지 선전한다. 우리의 음식 사랑은 본인이 먹는 것에서 멈추지 않았으니, 먹는 걸 준비하는 '쿡방', 그리고 남이 먹는 걸 보는 '먹방'이라는 분야까지 번창할 정도다. 이 정도면 우리는 먹는 것에 제대로 진심이라고 말할 수 있겠다.

그렇다면 이렇게나 먹는 것에 진심인 사람들에게 가장 맛있는 음식이란 무엇일까? 당신이 먹방 PD라면 화면에 어떤 음식을 담을 것인가? 값비싼 재료를 사용해서 만든 음식일 수도 있다. 스트로따르가 비앙코라는 캐비어는 kg당 3억 원 정도라고 한다. 철갑상어 중에서도 희귀한 시베리아 알비노 철갑상어 알로 만들기 때문이다. 값비싼 향신료를 이야기하면 나오는 사프란을 얻기 위해선 일 년 중 딱 7일만 자라는 꽃을 채취해야 하며, 사프란 1kg를 얻기 위해선 16만 개 이상

---

* 영국인 선교사 그리피스 존, 독일 여행가 헤세 바르텍, 프랑스 선교사 샤를 달레 등

의 꽃을 따야 한다고 한다. 이처럼 값비싼 재료는 인류가 지구의 우세종으로서 얼마나 지구 곳곳을 샅샅이 정복했는지를 보여줄 수도 있다. 혹은 말도 안 되게 복잡한 요리법으로 만든 음식일 수도 있다. 요즘은 먹는 것에 관심이 높아져 가정에서도 고기를 수비드*로 익히거나 스테이크를 구운 후 레스팅**을 하곤 한다. 전문 요리점에선 화학실 같은 기구를 통해 분자요리를 한다. 이런 조리법들은 인류가 단순하게 섭취로서의 식사가 아닌 '맛있게 먹는' 식도락으로서 요리를 즐겨왔다는 걸 증명하며 인류가 그동안 발전시킨 과학 기술마저 뽐낼 수 있다. 시장이 반찬이라고 굶고 먹는 것이 맛있다고 생각할 수도 있다. 이것은 '부산에서 서울까지 가는 가장 빠른 방법은 친한 친구와 같이 가는 법'이라는 식의 대답으로 듣는 이의 말랑한 감성을 건드린다. 조금 더 감성 건드려보자면 사업에 실패하고 내려간 고향에서 먹은 어

---

*   진공으로 밀봉된 봉지에 식재료를 담아 일정한 물 온도로 천천히 가열하는 조리법
**   스테이크 요리법 중 하나, 고기를 구운 후 몇 분 정도 시간을 두어 고기 겉면의 열이 내부로 퍼지게 한다.

머니의 국밥, 연인과 헤어지고 한강을 보며 마신 소주 한 잔 등이 나올 수 있다. 이런 식의 감성팔이가 싫다면 반대로 배가 완전히 불러도 더 먹게 되는 음식을 생각해보자. 먹는다는 행위는 모든 생명체의 본능으로, 허기를 달래고 에너지를 얻게 한다. 그런데 에너지를 다 얻었는데도 계속해서 먹는 음식이라니, 섭리를 거스르는 악마의 요리와도 같은 맛이 상상된다. 비슷한 논리로 섭취해서 얻는 칼로리보다 음식을 준비하는 과정에서 소모되는 칼로리가 더 많은 음식일 수도 있겠다. 투입 대비 결과가 비효율적임에도 추구한다는 건 본능을 뛰어넘을 정도로 맛있다는 반증 아닐까.

먹는 것에 진심인 만큼 여러 대답이 나올 수 있겠고 그 모든 것이 각자에게 정답일 것이다. 이쯤에서 나의 대답을 말해보자면, 그것은 군대요리다. 말도 안 된다고 할 수 있다. 군대요리는 국가에서 정한 원가 안에서 식재료를 구하고,* 겨우 두 달 정도 요리를 배운 신참 요리사들이 조리를

---

* 2023년 기준으로 국군장병의 1인 1일 식비는 1만 3천 원이다.

살짜쿵 군대요리

한다. 전문 셰프의 요리도 아니고 비싼 재료들이 나오지도 않는다. 그런데 왜 군대요리를 뽑았는지 궁금하다면 필자가 입대하고 훈련소에 들어갔을 때로 시간을 거슬러 올라가 보자.

2011년 4월, 공군에 입대하였다. 공군은 진주에 있는 신병훈련소에 들어가 6주 동안 훈련받는다. 육해공 어디든 훈련병들은 훈련소에서 구르고 뛰고 기합받고 잠을 잔다. 사회에 있으며 자기 몸을 망쳤던 술, 담배와 자극적인 음식들을 멀리하고 컴퓨터와 스마트폰, TV 등의 움직임을 최소화시키는 물질문명에서 벗어나 산과 연병장을 뛰어다닌다. 그러니 훈련병은 언제나 배고플 수밖에 없다. 그러나 입으로 들어가는 것이 허락된 건 오로지 짬밥뿐이다.

사회의 독소가 빠지고 그 안을 훈련병의 독기로 채우는 2주 차쯤 처음으로 종교활동을 갔다. 첫 휴가도 100일은 지나야 가능한 것처럼 하나님과 부처님, 그 외 신들 또한 2주는 지나야 영접할 수 있다. 다수의 훈련병들은 종교적인 신념보다 훈련소 종교활동(교회, 성당, 절)에 참여하면 무엇을 받을까에 대한 기대가 더 컸을 것이다. 종교가 없는 나는 고생하며 친해진 훈련소 동기에게 이끌려 천주교를 택했다. 그리고 나는 그곳에서 성모 마리아가 아닌 몽쉘을 만났다. 입에 넣을 때까지 기대도 하지 않았다. 솔직히 몽쉘 그까짓 게 무엇인가. 나는 소위 말하는 물만 먹어도 살이 찌는 체질*로 사회에선 과자가 있어도 가능한 한 먹지 않으려고 노력하는 편이다. 거기다 개인적으로 부드러운 빵 가운데 마시멜로가 들어 있고 초콜릿으로 겉을 코팅한 과자들을 좋아하지 않던 사람이다. 그래서 별 기대 없이 몽쉘을 한 입 베어 물었는데, 그 순간 입안에서 혁명이 일어났다.

이것은 허기가 음식을 달게 만든다는 그런 감성팔이가 아니다. 이십 대 후반, 바디프로필을 찍기 위해 운동과 식단을 병행하며 3주 동안 모든 끼니를 고구마랑 닭가슴살만 먹다 처음 목살을 먹었을 때도 꽤 놀라긴 했지만, 훈련소 몽쉘과는 전혀 다르다. 혁명이란 이전에 알던 관습, 제도 등을 무너뜨리고 새로운 질서를 구축하는 행위다. 이를 통해 기존에 상식이라고 여기던 것들이 비상식이

---

* 현대사회 기준으로 저주받은 유전자를 가졌을 수도 있고, 선천적으로 남 탓이 심한 기질일 수도 있다.

되며 새로운 패러다임으로 대체된다. 훈련소에서 몽쉘을 먹기 전까지, 나는 잉여 자원이 넘치는 현대사회에 몸을 담그며 살고 있었기 때문에 인간이 대단히 복잡하고 섬세하며 다양한 방법을 통해 쾌락을 추구한다고 생각했었다. 그러나 훈련소 몽쉘을 먹은 이후, 문명의 옷을 벗은 인간의 욕구라는 건 대단히 원초적이고 감각적이라는 것을 깨달았다. 어떻게 설명할 수 있을까. 살면서 처음으로 인간이 입으로도 감동할 수 있다는 걸 깨달았다. 크림색 곡선이 있는 이 작은 검정 원 안에 내가 느낄 수 있는 모든 감각을 다 자극하는 알갱이가 가득한 것 같았으며 그때 감각은 이후 쾌락의 순위를 매길 때 절대적인 기준이 되었다.

6주간의 훈련소 일정이 끝난 훈련병들은 각각 보직에 따른 특기학교를 가게 된다. 나는 취사병*이 되어 군수학교에 들어갔고, 그 첫 주에 1박

---

*   엄밀히 말하면 요리를 하는 병사를 두고 공군은 '급양병'이라고 한다. 해군과 육군은 취사병, 해병대에선 주계병으로 부르다 2012년 이후 '조리병'으로 통일을 하였다. 하지만 아직까지도 취사병이라는 용어가 가장 널리 알려져 있기 때문에 이 책에선 '취사병'이라는 단어를 사용하겠다.

2일 첫 휴가를 다녀왔다. 나를 비롯하여 대다수의 훈련병들은 첫 휴가 일주일 전부터 그 짧은 휴가 동안 먹어야 하는 것들을 메모장에 적었었다. 소고기, 치킨, 케이크, 몽쉘 등 그때 훈련병들은 먹는 것에 간절했다. 왜 그렇게까지 하냐고 물을 수도 있다. 그것은 나와 같은 경험을 공유하지 못했기 때문이다. 모든 것을 박탈당한 자연 상태의 인간에게 음식은 쾌락의 전부, 그 자체다.

누구에게나 군생활은 힘들 것이다. 이 힘든 시기를 버티게 하는 힘에는 여러 가지가 있을 것이다. 이런 걸 말할 때면 꼭 눈치 없이 애인의 면회 덕분에 군대를 버텼다고 말하는 사람들이 있다. 아주 이기적인 사람들이다. 면회를 오는 여자친구가 모두에게 있는 것은 아닐 것이다. 자신의 이야기라고 울지 않아도 된다. 여자친구, 면회, 편지 같은 건 불평등하지만 짬밥은 누구에게나 평등하게 위로를 준다. 이 글은 그 시절 군인들을 버티게 한 작은 위로, 짬밥에 대한 것이다. 취사병이었던 필자의 군생활 기억을 더듬을 것이며 군대를 배경으로 하지만 소총과 훈련이 아

살짜쿵 군대요리

니라 국자와 짬밥 위주로 이야기를 풀 것이다. 나에게는 추억으로 쓰는 글이지만, 누군가에게는 걱정으로 읽힐 수도 있겠다는 생각이 든다. 우리는 먹는 것에 참 진심인 민족으로, 친구들과 약속을 잡을 땐 '언제 밥 한 번 먹자'고 하고, 먼 길 떠나는 아들내미를 보면 '밥은 잘 먹고 다니는 것인지' 걱정을 한다. 모쪼록 이 글을 통해 군대에 입대한 소중한 아들이, 사랑스러운 애인이, 절친한 친구가, 군대에서 무엇을 먹으면서 버티는지 궁금증이 풀리길 바란다.

차례

3장 상병: 요리에 자신감이 생기다

4장 병장: 최선임은 국자만 든다

1장

이등병:
군대도 처음, 요리도 처음

취사병
군대를 재수할 바엔

Q. 어떻게 취사병이 되셨나요?

A. 수능 성적이 좋지 않아서요.

    내 주변의 모든 남자들은 나에게 군대를 빨리 다녀오라고 권했다. 같은 과 동기도, 동아리 선배도, 아버지까지도 말이다. 귀가 얇고 말을 잘 듣던 아들이었지만 그래도 군대는 빠르든 느리든 그냥 가기가 싫었다. 나는 네 살 때 교통사고를 크게 당해서 다리 길이에 차이가 생겼고 그 후유증으로 열네 살이란 어린 나이에 허리디스크가 왔다. 그 뒤 꾸준한 재활운동을 통해 몸이 좋아졌지만, 스무 살이 넘어서 의정부병무청에서 신검을 받자 공익판정도 나올 수 있을 것 같다면서 원한다면 서울에서 재검을 받으라고 했다.

    일생일대의 고민에 빠졌다. 이대로 현역으로

입대할 것인가, 아니면 서울에서 재검을 받을 것인가. 공익은 감히 바라지도 않지만, 기적적으로 상근이라도 갈 수 있지 않을까 막연하게 기대도 품었다. 이런저런 생각들의 마침표를 찍은 것은 아르바이트를 하면서 만난 선배의 말이었다. 나는 도서관학과(문헌정보학과) 전공으로 학과 동기들과 같이 학교 근처 도서관에서 아르바이트를 했다. 그곳에서 학과 선배님을 만났는데 그분이 새내기였던 우리를 보고 말했다. '내가 공익을 나왔는데 한국 사회에서 너무도 불편한 것이 많다. 공익을 나왔다는 무시도 대단하지만 입사해서도 묘하게 차별받는다. 다시 선택할 수 있다면 일반병으로 입대를 하겠다'라고 말이다. 새내기였던 나에게 이 말은 꽤나 인상적이었다. 군대가 하등의 쓸모도 없고 필요도 없고 가치도 없어 보였는데, 그 가치도 없고 필요도 없고 쓸모도 없는 조직을 다녀오지 않으면 그것이 또 괴로움이라는 사실을 깨달은 것이다. 그래서 서울병무청에 재검을 신청하지 않았고 현역을 가기로 마음먹었으며, 어차피 갈 거라면 빨리 가자는 생각에 대학교 1학년을 마치자마자 공군입대를 결정했다.

공군은 육군보다 빠르게 입대할 수 있다. 2022년 신생아 출생 수는 24만 명이라는데, 내가 태어난 91년도는 베이비 붐 세대로 70만 명이 넘게 태어났다. 당연히 무엇이든 경쟁이 치열했다. 90년대생들이 군대에 가는 2010년대 초반에는 현역병 수가 너무도 많아서 육군입대를 신청해도 결과가 나오기까지 꽤 오랜 시간이 걸렸다. 마음먹은 건 재빨리 해치워야 되는 성격인데 서울병무청 때문에 마음을 늦게 먹었고, 육군을 가려면 아무리 빨라도 2학년 1학기를 마치고 가야 했다. 하지만 공군은 입대 2개월 전에만 신청을 하면 됐기 때문에 1학년을 마치고 바로 갈 수 있었다. 공군은 육군보다 복무기간이 3개월 길지만 행정직들이 많아서 군생활이 편하다는 평도 계산에 있었다. 그래서 10월에 공군을 신청하고 마음 편하게 12월 입대를 기다리고 있었다. 공군은 지원이고 수능 성적으로 병사를 선발한다. 연세대에 입학한 수능 성적이기 때문에 군대에 들어가지 못할 리는 없다고 확신하였고 친구들에게 입대 전 마지막으로 보자고 연락을 돌려서 술잔을 기울이는 나날을 보냈다. 그런데 막상 발표 날이 되니 공군에 떨어졌다.

　이게 무슨 일일까. 대학도 한 번에 입학을 했는데 군대를 재수해야 한다니. 믿을 수가 없었고 머리가 아파졌다. 어제까지 군대에 간다고 술을 마셨는데, 이제 군대에 가지 못한다고 술을 마시게 된 것이다. 나는 불합격 요인을 분석했다. 공군은 원점수가 아니라 수능등급을 평균내서 석차를 매긴다고 들었다. 2010년 대학입시에서 내가 노리던 대학들은 대부분 언수외*와 탐구과목 3개를 보았다. 유일하게 서울대만 탐구과목 4개를 다 보았는데 어차피 서울대는 가지 못할 것이라 판단했던 나는 언수외와 사탐 세 과목만 공부를 했다. 그 결과 수능에서 언수외 1등급, 사탐 세 과목이 2등급을 받았고, 한국지리 한 과목만 8등급을 받았었다. 요 한국지리 하나가 평균을 올린 주범인 것이다. 이 편중된 성적표를 받은 학생은 훗날 네비게이션이 없으면 운전을 하지 못하는 드라이버가 되지만 그것은 아직 먼 훗날의 이야기, 그때 당장은 한국지리가 입대의 발목을 잡

* 　언어, 수리, 외국어로 2014년 수능부터 지금의 국어, 수학, 영어로 변경되었다.

은 것만이 중요했다. 한국에 살면서 주변 지리에 관심을 가지지 않은 죄로 입대 계획이 어긋나면서 나는 마음이 급해졌다. 2011년도 휴학을 신청해놨는데 이러다가 군대를 못 가는 것 아닐까. 살다 살다 군대를 어떻게 하면 가지 않을까를 걱정하는 것이 아니라 군대를 못 가게 될까 봐 걱정을 하다니. 공군 모집 요강을 자세히 읽어봤다. 그러다 취사병을 신청하면 가산점 10점을 더 준다는 문구를 찾아냈다. 취사병이 무엇인가. 밥을 하는 보직 아닌가. 잠시 고민이 되었다. 그때까지 그저 공부만 했던, 문자 그대로 라면 하나 끓여본 적이 없던, 연필밖에 쥐지 않았던 손으로 칼을 쥐고 밥을 한다니! 상상이 가지 않았지만 이미 나라에서 사정해도 가기 싫은 군대를 이렇게까지 내가 사정해서 가야 하는 기막힌 일이 펼쳐진 마당이다. 입대를 하지 않으면 그동안 계획했던 휴학과 복학 일정이 꼬인다는 생각에 결국 공군 취사병에 지원했다.

배가 고플 때 쇼핑을 하지 말라는 말이 있다. 허기에 평상심을 잃어버린 마음이 불필요한 지출을 할 수 있기 때문이다. 지원하기 전에 왜 공군에서 취사병을 선택하면 가산점을 줄까에 대해서 고민을 해봤어야 했다. 세상에 대가 없는 혜택이란 있을 수 없다. 그렇다면 모두가 그 혜택을 받으려고 했을 것이다. 입대하고 훈련소에서 알게 되지만 공군 취사병(급양병)은 공군 내에서 헌병, 방공포와 함께 3대 기피병이라고 불린다.* 비행사도 아니고 일반 병사들이 하늘을 사랑해서 공군을 지원했을까. 대다수의 병사들은 육군보다 공군의 군생활이 편하기 때문에 지원을 한다. 하지만 헌병, 취사병, 방공포는 업무도 육군이랑 똑같은데 복무기간이 3개월이나 더 길기 때문에 '그럴 바에야 육군을 가지'라는 비아냥을 듣는 병과다. 불과 몇 주가 지나면 취사병이 3대 기피병이었다며 한탄을 하겠지만 그때는 그저 복학을 계획대로 할 수 있다는 사실에 감격했다. 그렇게 2011년 4월, 공군 702기 취사병으로 진주 공군훈련소에 입대하였다. 군대를 감격하며 들어가다니, 세상일은 정말 알 수가 없다.

---

* 헌병, 급양, 방공포 이 세 가지를 묶어 공군 3대 기피병인 헌급방이라고 부른다.

살짜쿵 군대요리

군수학교
당신을 요리사로 만들어 드립니다

Q. 군대 취사병은 요리를 하던 사람이 들어가나요?

A. 아닙니다. 입대 전까지 정말 공부만 했습니다.

취사병이라고 하면 요리와 연이 있는 사람들이 지원할 것 같다. 물론 호텔조리학과 등 요리 관련 학과 출신들이 취사병을 많이 지원한다. 취업 시 복무기간만큼 식당 경력으로 인정해주기 때문이다. 하지만 그들은 정말 일부에 불과하며 나처럼 요리와 아무런 연이 없는 사람들이 대다수다. 칼이라곤 커터칼밖에 잡아보지 못했던 사람들을 요리사로 만들기 위해서 공군 취사병들은 군수학교에서 한 달간 요리를 배운다.

입대하기 전에 나는 군대라고 하면 군복 입고 총 들고 커다란 배낭 메고 운동장 뛰는 것을 상상했다. 이것은 훈련소다. 훈련소는 기본군사훈련

이등병: 군대도 처음, 요리도 처음   25

을 받는 곳으로 운동장을 먼지 나게 뛰고, '악!' 소리를 지르고, 힘든 육체 훈련을 받는 곳이다. 훈련소는 전체 군생활에서 1/20 정도고 진짜배기는 자대생활이다. 그리고 훈련소와 자대배치 사이에는 전문학교가 있다. 훈련소가 유격, 행군, 화생방 등 기분군사훈련을 통해 말랑말랑한 민간인이었던 청년들을 군대라는 각 잡힌 틀에 딱 들어가도록 단단하게 고정을 시킨다면, 전문학교는 이 단단해진 군인들을 앞으로 배치될 보직(헌병, 시설, 취사, 통신 등)에 딱 맞게 모양을 변형시키는 곳이다. 훈련소를 수료한 공군 이등병들은 보직에 따라서 군수1학교, 군수2학교, 정보통신학교, 행정학교, 방공포병학교로 나누어졌다. 내가 다녔던 군수2학교는 취사, 보급, 수송병 등이 머물렀다. 전문학교에 머무는 기간은 보직별로 다른데 나는 6주 동안 이곳에서 요리를 배웠다.

이름이 학교라고 오해는 하지 말자. 여전히 군대이기 때문에 조교들이 호루라기를 불며 각종 기합을 주는 살벌한 곳이다. 이때 일기장을 보면 '훈련소는 약과였다', '이곳은 지옥이다' 등이 적혀 있다. 요리에 아무런 기초가 없던 사람을 한 달

살짜쿵 군대요리

반 만에 요리사로 만들어야 하기 때문에 이곳은 스파르타식 속성 과외로 칼질과 같이 요리를 하는 데 필요한 기본 기술과 이론만 중점적으로 익힌다. 요리사가 아니라 요리사의 싹을 만들어준다고 보면 된다. 그 싹은 자대 배치를 받은 뒤 칼과 삽을 다루면서 천천히 꽃피우게 된다. 경우에 따라서는 전역할 때까지도 요리사로 완성이 되지 않을 수도 있다. 그렇다면 그 취사병을 배정받은 부대 사람들은 강제로 다이어트를 했을 것이다.

군수학교에 들어가서 처음 잡은 칼은 두려움이 컸다. 피가 나오는 영화도 잘 보지 못했을 정도로 겁이 많아서 부상에 대한 걱정과 잘할 수 있을지에 대한 근심이 교대로 나를 괴롭혔다. 어렸을 때부터 작가가 될 거라며 펜은 칼보다 강하다고 외쳤는데, 막상 예리한 날붙이를 직접 쥐어보니 펜 따위는 상대도 되지 못한다는 걸 깨달았다. 취사병은 총도 쥐지 않아서 민간인 같다고 말하곤 하는데 사실 살상 능력은 이쪽이 더 강하지 않을까. 우리나라는 한 해에 총기로 인해 사망하는 사람이 100명당 0.4명*으로 총기안전국가 중 하나다. 통계를 찾아보지 않아도 총보다 칼로 사망하는 사람이 더 많다는 걸 우리 모두가 알고 있다. 이렇게 무시무시한 병기를 2년 동안 다루게 되었으니 어떻게 겁이 나지 않을까.

그런데 걱정이 무색할 만큼 금방 칼질에 익숙해졌다. 분명 무서웠고 두려워했고 걱정이 많았는데 한 삼사일 칼을 다뤄보니 은근히 재미있었다. 무나 당근같이 단단한 재료를 도마 위에서 타다다닥 소리나게 빠른 속도로 채 썰 때면 상쾌함마저 느껴졌다. 이 상쾌함은 장구에서 가장 빠르다는 휘모리장단을 처음 접했을 때 느꼈던 그 감정과 흡사했는데, 우리 몸에는 누구보다 빠르게, 남들과는 다르게, 색다르게 하는 것에 대해 쾌감을 느끼는 유전자가 있는 것이 분명하다. 오이같이 물렁한 재료는 채 써는 손맛이 나지 않는다. 무는 너무 커서 손질이 힘들고 양파와 당근이 가장 만만하다. 가장 손맛이 좋은 재료는 양배추다. 분명히 덩어리가 큰 연두색 야채였는데 칼질 한 번

***

* 김우식, "총 맞아 죽을 확률이 교통사고 사망률과 같은 나라...", <SBS NEWS>, 2015. 12. 09

살짜쿵 군대요리

하면 샐러드가 된다. 채 썬 양배추는 길고 얇아야 하며 모든 길이가 일정해야 한다. 군수학교를 나갈 때가 되었을 땐 얇고 빠르게 써는 데 자신감을 넘어서 자부심까지 생겼으며 가장 자신 있는 게 칼질이 되었을 정도다. 생각해보니 원래 손으로 하는 작업을 좋아했다. 초등학교 땐 십자수를, 중학교 땐 조각칼로 분필 조각을 했고 바느질로 테디베어 만들기를 했었다. 본인이 겁이 많아서 인지하지 못했던 것이지 뾰족한 걸 다루는 취미를 예전부터 즐겼었다. 잘하기도 했고, 좋아하기도 해서 막내 때부터 전역할 때까지 칼을 놓지 않았다. 이등병 때는 손을 베면 어쩌나, 손가락이 짤리면 어쩌나 별별 걱정을 했는데 이 겁쟁이는 2년간 반창고 한 번 붙이지 않고 전역했다.

군수학교에서는 기술 못지않게 이론두 열심히 배운다. 쌀알의 녹말이 어떤 과정을 통해 호화*가 되는지, 당근은 지용성 비타민이 많아서 기름에 볶아야 좋다는 등 영양소와 식재료와 조리법

---

* 전분이 열과 수분에 의해 팽창되어 성질이 변하는 과정.

에 대한 지식, 그리고 각종 식중독균에 대해서 배운다. 여름철과 겨울철에 번성하는 식중독균에 어떤 차이가 있는지, 또 어떤 식재료를 다룰 때 조심해야 하는지 등이다. 식사는 생명 유지를 위한 필수적인 활동이며 잘못된 음식을 먹으면 군사력이 저하된다. 따라서 취사병은 음식을 맛있게 만드냐도 중요하지만 먹고 탈 나지 않을 음식을 만드는 것이 더 중요하다. 생각해보자. 요리를 전문으로 배운 사람들이 아니며 대다수는 적성검사에 의해 무작위로 배정을 받는다. 그런데 군대에서 배정해주는 건 다양한 일자리가 아니라 방공포, 레이더, 시설, 헌병 등등의 병과다. 태어날 때부터 레이더에 특출난 재주를 지니고 태어난 사람이 몇이나 있을까. 적성검사라고는 하지만 현실적으로 대다수는 뜬금포로 병과를 받는다. 거기다 겨우 한 달 반 동안 속성으로 요리를 배운다. 우리의 최우선 목표는 식중독 등의 문제를 일으키지 않게 요리를 하는 것이다.

군수학교를 수료하면 앞으로 2년 가까이 요리를 할 부대가 결정된다. 부대는 전역자의 상황에 따라서 기수별로 TO가 뜨며 같은 기수의 취사병들이 지원을 해서 성적별로 결정된다. 취사병들 사이에는 큰 부대는 피하라는 말이 있다. 먹여야 할 인원수가 곧 업무의 양이기 때문이다. 작은 섬은 무조건 피하라는 말도 있었다. 섬에 들어가면 바다 상태에 따라서 휴가를 나와도 내륙으로 못 올라오는 상황이 벌어지기 때문이다. 운 좋게 큰 부대에 가도 간부식당에 속하면 더 다양한 요리를 배울 수 있다는 정보도 있었다. 내가 선택할 때는 TO가 뜬 부대들이 다 무난했었다. 크게 안 좋은 부대도, 크게 좋은 부대도 없었다. 우리끼리 가장 많이 언급했던 부대는 제주도였는데 제주도에 가면 휴가 나올 때마다 제주도를 즐길 수 있다는 점, 그리고 제주도는 재료로 옥돔이 나온다는 소문이 돌았기 때문이다. 군부대도 부동산처럼 서울이 가장 경쟁이 치열하다. 국민의 절반이 서울에 산다는 대한민국, 당연히 군인들도 서울 출신이 많다. 휴가 나와서 제대로 놀기 위해선 아무래도 지방보단 집 근처 번화가가 가까운 군부대가 좋을 것이다. 나는 수도권이긴 하지만 서울사람은 아니었기 때문에 상대적으로 경쟁이 덜하였다. 일반적으로 전방에 있는 부대일수록 군기가 엄해서 기피하는 경향이 있는데 본가가 의정부인지라 전방을 선호한다는 점도 경쟁에서 자유롭게 해주었다. 그래서 최종적으로 집과 가까운, 총원이 200명 정도 되는 작은 포대로 배치받게 되었다.

살짜쿵 군대요리

쌀밥

오늘은 몇 명이나 식사를 할지 생각해봅시다

Q. 아침에 100명, 점심 때 200명, 저녁 때 150명이 되는 것은?

A. 식당에 오는 병사 수입니다.

　건장한 군인들의 식사를 담당하는 취사장. 제육볶음, 코다리조림, 김치찌개 등 수많은 메뉴 중막내가 처음 손에 잡는 건 쌀이다. 40kg 쌀포대에 파란색 플라스틱 바가지를 집어넣어 쌀을 푼뒤 커다란 무쇠솥에 채운다. 2kg 용량의 바가지로 두세 번 쌀을 퍼서 5kg 분량을 맞춘다. 쌀 위에찬물을 부어 가득 잠기게 한 뒤 손을 쌀 속에 깊숙이 넣는다. 두 손 안에 일정량의 쌀을 모은 뒤 손바닥을 비비듯이 씻는다. 몇 차례 쌀을 씻은 뒤 물을 버린다. 물을 붓기부터 버리기까지의 과정을두세 번 반복하고 마지막으로 물을 손바닥 위까지 잠기게 붓는다. 그리고 무쇠솥을 취사기에 넣고 취사 버튼을 누른다.

쌀은 오래 씻을수록 밥맛이 좋아진다고 한다. 아침에 쌀을 씻다 보면 밥이 맛있어지라고 속으로 되뇌게 된다. 쌀 씻기는 단순하기에 마음을 담을 수 있다. 칼질을 할 때나 끓는 기름을 앞에 두고 있으면 다치지 않는 데 집중을 해야 하기 때문에 다른 곳에 신경을 쓸 여유가 없다. 그러나 5kg 정도 되는 쌀을 씻다 보면 마음이 자연스럽게 차분해진다. 쌀 씻기는 1년 동안 하루 세 번, 매일 같은 시간 반복했다. 처음엔 아무런 생각 없이 쌀을 씻었지만 삼 개월이 넘어가니 수양하는 스님이 된 것 같았다. 손가락 사이로 빠져나가는 쌀알이 피부를 간질이는 걸 느끼며 맛있어지라고 외우곤 했었다.

밥은 쌀을 불리는 시간과 뜸 들이는 시간이 있기 때문에 모든 조리에 앞서서 시작을 한다. 쌀은 여름에는 30분, 겨울철에는 1시간 30분, 봄가을에는 1시간씩 불리라고 한다. 쌀은 공기 중에 수분을 흡수하기 때문에 건조한 계절일수록 더 오래 불리는 것이다. 밥솥을 가열하는 과정이 끝

　　　　　　　　　　　살짜쿵 군대요리

나면 뜸을 들인다. 쌀은 가열을 통해 밥이 되지만 센 불만 지속되면 타버리고 말 것이다. 뜸 들이기를 통해 솥 전체로 잔열이 퍼지면서 밥이 골고루 맛있게 익게 된다. 말을 재미있게 하는 사람들을 보면 뜸 들이는 시간을 통해 극적인 효과를 얻는다. 기다림이라는 시간에는 숙성의 힘이 있기 때문이다. 뜸까지 다 들였으면 주걱으로 솥 안에 내용물을 골고루 섞이도록 뒤젓는다. 솥 아래가 열이 가장 높기 때문에 뒤섞기를 하지 않으면 아래쪽 쌀이 바닥과 눌어붙어 누룽지가 될 수도 있다. 식후에 뜨거운 물을 부어 먹는 누룽지가 있어야 식사를 끝마쳤다고 생각하는 사람들도 있지만 밥이 눌어붙으면 설거지하는 것이 어려워진다. 설거지를 편하게 하고 싶다면 누룽지가 없는 하얀 쌀밥을 해야 한다.

군대에서 먹는 밥은 '짬밥'이라고 한다. 옛날에는 취반기가 증기로 찌는 식이라 '찐밥'을 먹었고 이것이 '짬밥'으로 변했다고 한다. 전역만 기다리는 군대에서는 복무일수가 중요하고, 서로의 복무일수를 짬밥 먹은 일수로 표현한다. 그래서 짬밥은 군대에서 권력의 상징이다. 밥은 식당에서 짬밥이 가장 안 되는 막내가 맡아서 했다. 가장 단순하기도 하고 취사장에 가장 일찍 나와야 하기 때문이다. 비교적 쉬운 일이지만 겨울철이면 쌀 씻기의 난이도가 올라간다. 새벽에 일어나서 정신이 없는 상태로 식당에 나간다. 물을 받아서 쌀을 씻어야 하는데 새벽에는 따뜻한 물이 나오지 않는다. 이때는 쌀이 목구멍 속으로 넘어가는 음식이 아니라 두 손을 고통스럽게 하는 고문 기구로 보인다. 손이 얼어 터질 것 같은 고통을 받으면서 100인분 분량의 밥을 한다. 군생활이 24개월이었고 내가 있었던 취사장은 총 5명이었으니 이 인원이 차례차례 들어왔다면 평균 4~5개월 막내를 하고 탈출을 해야 한다. 그러나 나는 후임 복이 없어 1년 넘게 막내를 하며 쌀을 씻었다. 쌀 뜨물에 세수를 하면 피부가 고와진다는 말이 있다. 얼굴로 쌀을 씻었다면 지금쯤 연예인 피부가 되었을 텐데 아쉬울 따름이다.

식사를 준비하기 위해 식당에 도착하면 제일 먼저 쌀을 얼마나 퍼야 할지 판단한다. 요리의 시작은 밥 먹을 사람의 숫자를 파악하는 것이다. 복무했던 부대는 스핑크스가 내는 문제처럼 아침, 점심, 저녁으로 식수인원이 달라졌다. 우선 군대 간부들은 출퇴근을 하기 때문에 아침 식사는 빠졌으며 저녁 식사는 메뉴에 따라서 자기들 마음대로 나타나기도, 나타나지 않기도 했다. 그리고 병사들의 휴가에 따라서 인원이 증감되었고 가끔 부서별로 회식이 있을 때면 부서원들 전체가 빠지기도 했다. 또한 짬이 찬 병장들이 아침을 거르면서 변수를 만들었다. 보통 아침을 가장 적게, 모든 병사와 간부들이 식사하는 점심은 많이, 저녁은 그 중간으로 밥을 맞췄다. 밥 한 솥이 50인분인데 아침에는 2판, 점심에는 4판, 저녁에는 3판이 기본이었고 그날그날 병사들의 반찬 선호와 돌발상황에 따라서 조절했다. 오삼불고기처럼 인기 있고 밥과 비벼 먹는 양념이 많은 반찬이 점심에 나오면 밥을 5판 하기도, 저녁이지만 조기튀김 같은 비인기 메뉴가 나오면 2판을 하되, 한 판의 양을 늘리는 식으로 말이다. 정성과 노력을 들여서 밥을 준비하는 입장에서 가장 슬픈 일은 밥을 버리는 일이다. 바가지로 쌀을 푸며 오늘

은 몇 명이나 먹을지 기대하는 것이 모든 요리의
시작이다.

무침

처음부터 완벽할 필요는 없어요

Q. 취사병이 배우는 요리 순서가 있나요?

A. 밥 → 무침 → 조림 → 구이/튀김 → 국

취사병은 밥으로 시작해서 단계단계 요리를 배운다. 단순하게는 불을 안 쓰는 요리로 시작해서 불을 쓰는 요리로 올라간다. 막내가 처음 배우는 불 안 쓰는 요리 세 가지는 무생채, 오이무침, 콩나물무침이다.

무생채는 점심 때 자주 나왔는데 무 크기에 따라서 8개에서 12개 정도를 썼다. 먼저 무를 가로로 대여섯 조각으로 자른다. 무는 두꺼운 재료이기 때문에 단칼에, 과감하게 자르는 것이 중요하다. 칼을 무에다 대고 천천히 깊숙이 가른 다음 위에서 누르는 식으로 잘라도 되지만 그렇게 하면 속도가 나지 않기에 도마 위에 무를 올려두고

공중에서 도마까지 단번에 칼질을 할 때가 많았
다. 가정에서 이렇게 하면 미쳤다는 소리를 듣기
좋고 병원에 간다면 팔목에 무리가 간다며 말릴
것이다. 하지만 단체급식을 준비할 땐 속도도 중
요한 법이고 이십 대의 혈기 왕성한 취사병은 무
를 단번에 동강내며 묘한 쾌감을 느꼈다.

　무에 비하면 오이는 감사한 식재료다. 물렁물
렁한 것이 힘을 주지 않아도 송송 썰리기 때문이
다. 오이무침은 식사 전에 먹는 에피타이저처럼
본격적인 요리를 하기 전에 시작한다고 손목에
신호를 주는 것처럼 느껴진다. 무생채와 오이무
침은 닮았다. 재료를 깨끗하게 씻고 칼질을 한 뒤,
설탕과 고추장, 소금 조금으로 간을 한다. 무생채
에는 다진 마늘, 오이무침은 참기름이 들어간다
는 점 정도가 차이다.

　콩나물무침은 콩나물을 한 번 삶아야 하기 때
문에 공정이 하나 더 있다. 하지만 칼질을 하지 않
아도 되고 간장과 참기름으로만 간을 하니 한결
편하다. 삶아서 부드러워진 콩나물은 상당히 뜨
겁다. 어떤 재료든 200인분이 되면 상태 앞에 '상
당히'라는 부사가 자연스럽게 붙는다. 목장갑을

　　　　　　　살짜쿵 군대요리

끼고 그 위에 비닐장갑을 낀 뒤 조물조물 양념과 버무린다. 처음에 뜨거운데 나중에도 뜨겁다. 다시 말하지만 200인분은 '상당히'가 붙는다. 상당히 뜨거운 콩나물은 잘 식지도 않는다. 그나마 위안이라면 겨울철에는 콩나물무침을 하면서 따뜻함을 느낄 수 있다.

　한식이 양식이나 중식보다 쉽게 느껴지는 이유는 모든 요리가 닮아 있기 때문이다. 간장, 고추장, 된장, 소금, 설탕 이 다섯 가지 양념에 다진 마늘이란 마법의 재료가 있으면 뚝딱 요리가 완성된다. 가장 기본이 되는 양념이 고추장이냐, 간장이냐의 차이만 있을 뿐이다. 무생채, 오이무침, 고등어조림, 제육볶음, 닭찜 등 전혀 다른 메뉴들도 양념의 비율은 서로 비슷비슷하다. 간장이든 고추장이든 한 바가지(그렇다, 숟가락이 아니라 바가지다)를 넣으면 설탕을 그 절반, 참기름은 1/3 넣는다. 이 비율이 거의 모든 요리에 통용되기에 하나의 요리를 맛있게 하면 나머지 요리도 얼추 비슷한 맛을 낼 수 있다.
　한국 요리는 장맛이라는 말이 있다. 요리의 초

보일수록 이 말에 공감이 된다. 같이 복무했던 취사병 다섯 명의 재료 손질은 비슷비슷했다. 하지만 양념의 비율은 사람마다 미묘하게 달랐다. 그리고 이 차이가 음식의 맛을 크게 좌우했다. 전역 후 집에서 요리를 시도했으나 군대에서 먹던 맛이 나지 않았다. 200인분을 하다가 4인분을 하려니 어려운 것도 있었지만, 무엇보다 군대에서 쓰던 고추장 브랜드와 집에서 쓰던 고추장 브랜드가 달랐기 때문이다. 장맛이 달라지면 그에 따라서 설탕과 마늘 등의 비율도 달리 해야 한다. 집에서 쓰는 장맛에 적응하는 데 꽤 오랜 시간이 걸렸었다.

무침류는 식당 막내가 처음 만드는 요리다. 활동량이 많은 20대 군인들에게 고기가 밥과 같이 먹는 주반찬이라면, 무생채는 고기를 먹을 때 같이 먹는, 혹은 고기와 고기 사이 잠시 입안을 환기시키는 보조 반찬일 것이다. 하지만 처음 만들었던 무생채는 나에게만큼은 '보조'라는 수식어를 붙일 수 없는 주인공 그 자체였다. 그저 무를 채 썬 다음에 고춧가루랑 설탕, 다진 마늘로 뒤적였

살짜쿵 군대요리

을 뿐인데 사람이 먹을 수 있는 음식이 된다니. 내 손으로 200명의 사람들이 먹는 반찬을 만들었다는 사실이 감격스러웠다.

　군대에서 요리를 배우고 나니 그전까지 요리를 너무 어렵게만 여기고 있었다는 생각이 들었다. 요즘은 쿡방과 먹방이 대세라고 하지만 오히려 이전보다 많은 사람들이 요리를 하지 않고 있다. 맞벌이 부부가 많아지면서 요리를 전담할 사람도 없고, 기술이 진보하면서 밀키트 등의 간편식도 등장했다. 하지만 요리는 삶의 기본이다. 살아가는 데 기본이 되는 의식주 중에 하나며, 수면욕, 성욕과 더불어 인간이 살면서 느끼는 강력한 욕구기도 하다. 그러니 요리를 배워두면 삶의 질이 한 단계는 더 높아질 것이라고 생각한다. 간편식은 편하지만 비싸고 영양도 편중되어 있다. 외식과 배달음식 또한 마찬가지다. 반면 요리는 노력과 시간이 들어가지만 그만큼 보람이 있으며 밥도 훨씬 더 맛있게 먹게 된다. 진짜다. 한 번이라도 밥을 차려본 사람은 어머니가 왜 반찬 다 식기 전에 밥상에 오라고 하는지, 그리고 왜 남은 반찬들을 본인이 다 드시는지를 알게 된다. 직접 차린 밥은 요리 그 이상의 가치를 요리사에게 안겨준다.

물론 처음에는 요리가 어렵게 느껴질 수 있다. 그런 사람들에게는 처음부터 완벽하지 않아도 된다는 말을 하고 싶다. 간장을 많이 넣어서 너무 써지면 설탕을 넣는 식으로 간을 조절하면 된다. 물론 너무 큰 실수는 만회하기 힘들지만 무침류는 그래도 다른 요리들에 비해서 조리법도 간단하고 실수도 만회 가능하다. 쓰면 달게, 달면 쓰게, 밍밍하면 짜게, 짜면 물로 씻으면 된다. 요리에 대해서 하나도 모르고 복학계획을 망칠까 봐 취사병에 지원했던 대학생도 200명의 식사를 담당했다. 당신도 분명 할 수 있을 것이다.

조림

요리 초보를 위한 한 가지 조언

Q. 요리를 잘하고 싶은데 방법이 있다면?

A. 양념장을 따로 만들어두세요.

　무침을 어느 정도 배웠으면 이제 본격적으로 불을 쓰는 요리로 넘어간다. 불을 쓰는 요리는 위험하다. 태울 수도, 완벽히 익히지 못할 수도 있다. 그래서 볶음과 튀김을 하기 전에 조림을 우선 배운다. 조림 또한 잘못하다간 태울 수 있는 위험이 있지만 양념장이 있기 때문에 어지간히 한눈을 팔지 않는 이상 탈 위험은 적다.

　조림은 재료와 양념장을 넣고 오랜 시간 조려서 만드는 음식이다. 조림을 할 때는 불판과 무쇠솥을 쓴다. 내가 있던 취사장에선 이 솥을 중간 솥이라고 불렀다. 취사장 벽면에 고정된 대형 솥에 비해서 작다고 중간 솥이라고 한 것 같기도 하고,

대형 솥과 밥취식기 사이, 중간에 있어서 중간 솥이라고 한 것 같기도 하다. 중요한 건 선임들이 중간 솥이라고 부른다는 점이다. 짬밥이란 용어와 마찬가지로 위에서 아래로 계속해서 전해지는 것들은 전통이란 이름으로 굳어지기 마련이다.

조림은 감자조림으로 시작한다. 감자를 한입 크기보다 살짝 크게 조각내고 물로 한 번 씻은 다음 중간 솥에 붓는다. 간장과 물, 설탕을 적절히 섞어 양념장을 만드는데 솥의 1/4 정도가 잠기게 한다. 불은 센 불로 하다 끓기 시작하면 중간불로 바꾸어 은근하게 오래 조린다. 감자조림은 중간중간 재료의 위아래가 섞이게끔 나무주걱으로 뒤섞어주는데 감자가 너무 조려지면 부서질 수 있으니 주의해야 한다. 재료가 익은 정도는 색으로 본다. 보통 투명한 재료는 불투명해졌을 때, 불투명한 재료는 투명해졌을 때 꺼내라고 가르친다. 요리가 해리포터 망토도 아니고 문자 그대로 투명해지지는 않는다. 본래 색과 느낌이 달라졌을 때를 파악하는 감이 중요하다.

감자조림을 태우지 않으면 두부조림으로 넘

살짜쿵 군대요리

어간다. 두부는 두 판 내지 세 판을 한 번에 쓴다. 두부 한 판을 그대로 꺼내서 식칼로 크게 가로, 세로 바둑판처럼 줄을 긋는다. 재료의 크기는 군수학교에서 cm 단위로 가르쳤지만 결국 요리는 요리사의 감이다. 처음에는 손가락 마디로 재료를 가늠하지만 경력이 올라갈수록 눈대중으로 끝낸다. 완성되었을 때 어떻게 먹을지를 생각해서 한 입 크기를 가늠하는데 감자조림처럼 요리 중에 부서질 위험이 있는 재료는 한 입보다 살짝 크게 하여 부서지더라도 너무 작지 않게 미리 방지한다. 두부 또한 부서질 위험이 큰 재료라 살짝 크게 조각을 낸다. 두부조림은 채 썬 양파를 무쇠솥 밑에 깔고 그 위에 조각낸 두부를 붓는다. 감자조림과 비슷하지만 양념 마지막에 참기름을 넣어주는 것이 다르다.

　고등어조림은 무를 깔고 토막 내 냉동 고등어를 올리고 그 위에 양념장을 붓고 뚜껑을 덮고 조린다. 생선이 다 익었다고 생각되면 불을 줄이고 뚜껑을 열어 파를 올린 후 다시 뚜껑을 닫는다. 고등어조림도 재료가 눌어붙을 위험이 크기 때문에 중간중간 바닥을 확인해준다. 요리 중간에 식초 몇 방울을 떨어뜨리면 생선 잡내도 잡고 고기 살이 부서지는 걸 방지해준다고 하는 데 사실 큰 차이는 느끼지 못했다.

조림은 보조 반찬이라고 하기엔 무겁고, 중심 반찬이라고 하기엔 또 가볍다. 고등어와 같이 메인급 재료를 사용하기도 하고 양념장도 만들고 불도 쓰지만, 이것만 먹기에는 살짝 아쉬운 느낌이다. 훈련을 끝내고 식당에 왔는데 두부조림 하나에 김치, 콩나물무침만 있으면 식사하는 시간마저 훈련처럼 느껴진다. 아침에 두부조림이 나오면 병사들이 식사하러 오는 대신 잠을 택하는 불상사가 벌어지곤 한다. 볶음과 튀김처럼 조리 과정 내내 붙잡고 있지 않아서 편하지만, 병사들의 선호도가 낮아서 들이는 공에 비해 보람이 아쉬운 요리다.

조림을 할 때 한 가지 조언이 있다면 양념장을 미리 만드는 것이다. 의외로 많은 사람이 간과하는 것 중 하나다. 요리를 프라이팬에 붓고 그 위에 고추장, 간장 등을 넣으면서 간을 맞추는 건 숙달된 주부 9단의 몫이다. 자신이 요리 초보라고

살짜쿵 군대요리

생각된다면 과감하게 컵을 꺼내서 그 안에 먼저 양념장을 만들자. 계량컵이 있는 집이 얼마나 있을까. 그냥 컵에 고추장, 설탕, 참기름, 물엿, 간장, 다진 마늘, 물 등을 적절히 섞어서 양념장을 만든 뒤 맛을 보고 조정하면 요리가 실패할 확률이 대폭 낮아진다. 중요하니 반복하자면 고추장이나 간장, 중심이 되는 양념을 하나 넣고 그것에 절반만큼 설탕을 넣고, 1/3만큼 참기름을 넣는 것으로 얼추 맛난 양념장이 된다. 마늘은 있다면 취향껏, 마지막에 깨도 송송 넣으면 좋다.

단체급식은 속도가 중요하다. 대형 솥에 고추장이나 설탕을 추가하며 바로바로 맛을 볼 때가 많다. 하지만 서두르다 먼 길을 돌아가는 것보다는 모든 일을 처음부터 든든하게 준비하는 것이 더 빠르고 정확한 법이다. 아직 요리가 어렵다면 양념장을 따로 만들어 느리지만 확실하게 가는 걸 추천한다.

재료 손질

모든 재료가 짐으로 보이는 단체급식의 세계

Q. 언제 단체급식을 하고 있다는 걸 체감하나요?

A. 계란 360개를 식사 준비 한 번에 깔 때요.

　나에게 군대요리란 무엇이냐고 물어보면 단체급식이라고 대답할 것이다. 군대요리의 가장 큰 특징은 많은 활동을 대비한 고열량도 아니고, 촌각을 다투는 상황을 대비한 간편식도 아니다. 많은 인원을 먹여야 하는 단체급식이 군대요리의 핵심이다. 내가 복무했던 포대에선 하루에 쌀 한 포대 이상을 매일 소비했다. 쌀 한 포대는 40kg로 400인분 정도다. 가정집으로 치면 많아 보이지만 이는 단체급식 세계에선 귀여운 수준이다. 내가 경험한 단체급식은 모든 식재료들이 5kg 단위의 짐으로 보이는 요리라고 요약할 수 있다.

군대의 식재료는 부식차라는 대형트럭을 통해 운송된다. 부식차는 월, 수, 금마다 들어왔다. 부대에서 보관할 수 있는 양도 한계가 있고, 한 번에 너무 많은 식재료를 받게 되면 뒤에 먹는 음식은 신선도가 떨어지기 때문에 일주일에 세 번 나눠서 들어오는 것이다. 부식차가 오는 날이면 취사병들은 과연 얼마나 많은 재료가 왔을지 긴장한다.

운전병이 부식차를 열면 시원한 바람이 취사병을 맞이한다. 이때 운전병 계급이 취사병보다 낮으면 자연스럽게 운전병이 일을 돕지만, 그렇지 않다면 취사병들이 짐을 나르는 동안 운전병은 요플레 같은 걸 까먹곤 한다. 부서간의 미묘한 신경전을 알기 때문에 이런 식으로 타 부서와 접촉이 있는 일에는 일부러 고참들이 나서기도 했다. 대외적으로 업무회의가 잦은 회사원들이 실제 직함보다 한 단계 높은 외부용 명함을 필요로 하는 것처럼, 군대에 있으면 과시용 계급의 필요성을 뼈저리게 느끼게 된다. 부식차가 들어오는 시간이 마침 식사 시간인지라 배식을 기다리는, 혹은 식사가 끝난 타 부서 병사들이 취사병을 도와줄 때가 있다. 짐을 나르는 취사병 계급이 높거나, 그날 부식에 맛난 것이 있어 뭐라도 하나 챙겨줄 것이 있을 때다. 취사병은 무거운 짐을 들어준 전우를 빈손으로 보내지 않는다. 맛스타라도 하나 들려주는 것이 취사병의 인심이다.

도와줄 병사가 아무도 없다면 이제 200명이 넘는 장정의 2~3일 치 식재료를 2~3명이서 받아야 한다. 근무했던 곳 취사병이 총 다섯 명이 아니었냐고 묻는 당신은 미필일 것이다. 군대에선 최선임과 차선임은 잘 움직이지 않는다. 세 명이서 사이좋게 식재료를 옮기고 있으면 이제 식재료들을 때려주고 싶다. 우리의 주식이며 농부의 피와 땀으로 배웠던 쌀은 취사병의 허리를 박살내는 아주 악질인 녀석이고 척박한 땅에서도 잘 자라 기근을 버티게 해주는 구황식물이자 봄이면 그렇게 맛있다고 먹어봤냐고 물어보는 감자는 상자에 들어있는 악마다. 우리 민족의 상징으로 외국인들에게 꼭 먹여야 하는 음식 1위이자 여기저기서 자기네들이 원조라고 해서 답답한 김치는 초록색 상자에 들어오는 고약한 놈이다. 그리고 도대체 왜 식당은 2층에 지었는지 최초 설계자를 욕

살짜쿵 군대요리

하고 왜 군대는 엘리베이터가 없을까를 한탄하게 된다.

인간이 이래서 욕설을 만드는구나를 깨달을 정도로 다양한 욕설 나열이 끝났으면 바로 재료 손질을 해야 한다. 200인분의 요리를 하다 보면 재료 손질만 반나절이다. 양파 한 망, 파 한 단이 기본 단위다. 많은 양의 재료를 그때그때 다듬으면 시간이 오래 걸리기 때문에 요리를 바로 할 수 있도록 전조리를 해두곤 했다. 파, 양파, 당근 등을 깨끗이 씻어서 바로 칼질을 할 수 있게 준비한 후 냉장고에 보관하는 식이다.

재료 손질을 편하게 하려면 숫돌을 사용하여 미리 칼을 갈아둬야 한다. 많은 식재료를 다듬다 보니 칼을 갈아두는 것의 중요성을 깨닫는다. 하루에 한 번 칼을 갈지 않으면 칼이 무뎌지고 재료가 제대로 썰리지 않는다. 칼에 익숙하지 않은 막내들은 선임들이 일부러 칼을 갈지 못하게 할 때도 있다. 워낙 많은 재료를 손질하다 보니 실수가 나기 마련인데 칼이 무디면 치명적인 상처는 피하기 때문이다. 칼이 내 몸처럼 익숙해지면 숫돌로 날을 간다. 칼의 방향은 숫돌과 비스듬히, 칼의 면과 숫돌의 면을 평행하게 둔 다음 힘을 줘서 칼날의 넓은 면부터 날이 선 부분까지 숫돌과 마찰이 생기는 걸 느끼며 민다. 한 방향으로 수십 번, 그리고 다시 반대 방향으로 수십 번을 반복한다. 칼을 가는 행위는 쌀을 씻는 행위와 닮았는데 단순반복 작업은 사람을 명상에 들게 하는 듯하다.

전역하고 사회에 나오니 교차된 숫돌이 고무판 위에 고정되어 연필깎기를 쓰듯 편하게 칼을 가는 도구가 있었다. 자를 갈아도 장미칼처럼 절삭력이 좋아진다는 광고에 혹해서 샀는데 오래 사용하지는 못했다. 절삭력이 좋기는 하지만 숫돌처럼 가는 재미가 없었기 때문이다. 숫돌은 오래 힘을 주며 갈아야 하니 분명 불편하지만, 그 과정에서 나만의 명도를 만드는 장인이 된 듯한 착각을 받을 수 있다. 인스턴트 숫돌이 편리함에도 착각을 위해서 불편함을 감수하다니. 인간은 비합리적이라는 행동경제학자들의 논리에 긍정을 표해본다.

고기 손질은 야채보다 훨씬 힘들다. 일주일에 5일 정도는 고기를 먹는 육식주의자라서 고기를 반기지만, 고기 손질만큼은 한숨이 먼저 나온다. 모든 고기는 5kg 단위로 냉동되어 들어온다. 이 글을 쓰는 동안 요리 취재 겸 한식조리학원을 다녔는데 모든 재료들 중 고기 손질이 가장 익숙지 않았다. 군대에서는 우리가 정육점에서 사는 생고기를 다루지 않는다. 냉동, 그것도 대용량의 냉동고기만 들어온다. 5kg짜리 냉동고기는 그저 5kg짜리 얼음일 뿐이다. 이 얼음을 이제 잘게 쪼개야 되는데 대형도마 위에 고기를 올려놓고 두꺼운 무쇠 칼로 내리쳐서 자른다. 정육점에서 보는 자동세절기계는 위험하고 작은 포대에서 복무했기 때문에 별다른 기계도 없었다. 점심 한 끼에만 20~25kg 정도 고기를 썰어야 하니 수목금 3일 동안 제육과 탕수육이 나온다고 하면 5kg 고기 6~8덩어리를 쾅쾅 소리나게 내리쳐야 한다. 양파의 경우 보통 일주일에 세 망씩 썬다. 양파는 이렇게 2년을 썰어도 손목에 큰 무리가 올 거라는 생각이 들지 않았다. 그러나 고기는 이러다 손목이 나가겠다는 생각을 달마다 했었다.

  취사장에 있으면 모든 재료들이 무거운 짐이

라고 말했다. 이것은 식재료뿐만 아니라 식기에도 통용되는 진리다. 무생채로 예를 들면 200인분의 무도 무겁지만 배급을 하는 무쇠대야도 무겁다. 학교 급식실에서 볼 수 있는 스테인리스도 쓰지만 양이 많은 요리는 무쇠로 된 커다란 대야에 담는다. 제육볶음만 해도 20kg인데 이 대야 무게도 족히 5kg이 넘는다. 무쇠팔 무쇠다리 태권 V 고철처리를 국방부에서 한 건지 뭔 무쇠재료가 이렇게 많은지 모르겠다.

가장 어려운 재료는 단호박처럼 두껍거나, 고구마같이 점성이 있어서 칼질이 까다로운 재료들이었고 가장 손쉬운 재료는 감자였다. 감자는 30kg 단위로 오는데 다른 재료 손질과 다르게 둘이 하고, 또 앉아서 하며, 가장 중요한 점인데 이야기를 하면서도 할 수 있다. 참고로 나는 말이 많아서 글을 쓴다는 말을 듣곤 하는 사람이다. 20분 정도 앉아서 감자칼로 껍질을 깎으며 떠드는 시간은 나름의 힐링 시간이었다.

재료 손질은 아니지만 이렇게 대량의 재료 손질을 생각하면 계란찜이 떠오른다. 애초에 양파나 감자는 입대 전에 다룬 적이 없는 재료였기에 오히려 머릿속에 바로 '감자는 기본이 30kg 단위지'라고 입력이 됐다. 하지만 계란은 익숙한 식재료 아닌가. 이미 내 머릿속에 계란은 계란프라이로 한 개씩, 가끔 너무 배가 고프면 두 개를 먹는 식품이었다. 그런데 군대에 와서 계란찜을 해보니 아침에는 계란 여덟 판을, 점심에는 열두 판을 한 번에 깠다. 두 개를 먹으면 사치라고 생각했던 계란이기 때문에 360개의 계란을 깔 때면 어딘지 모르게 비일상적이라는 기분이 들곤 했다. 계란 열두 판을 조리대 위에 올려두고 배식을 할 때 쓰는 기다란 통 안에 깐 계란을 푼다. 당근도, 양파도, 파도 여러 개를 동시에 써는 단체급식이기에 계란도 한 손에 하나씩, 양손을 사용해서 두 개씩 까는 것을 시도했었다. 실제로 맞선임은 양손으로 두 개씩 처리하는 기예를 뽐냈었으나, 나는 잘못 들어간 계란 껍질을 빼내는 데 오히려 시간이 더 오래 걸려 360개의 계란을 하나씩 까는 걸 선호했다. 단체급식의 세계가 이렇게 통이 크다.

2장

일병:
대형 삽과 하나 되기

꽈리고추 멸치볶음
꿀을 얻기 위해선 벌의 위험을 감수해야 한다

Q. 취사병이 뽑는 최애 반찬은?

A. 멸치볶음!

꽈리고추 멸치볶음은 가장 처음 배우는 볶음 요리지만 대형 솥이 아니라 중간 솥을 쓰기 때문에 정식 볶음요리라기보다는 조림과 볶음의 중간 단계처럼 느껴졌다. 볶음이라고 하면 대형 삽을 주로 썼던지라 나무주걱으로 뒤적거리는 볶음은 왠지 볶음이라 칭하기에 부족하게 느껴지기도 했다. 그렇지만 꽈리고추 멸치볶음은 내 최애 반찬이라고 부르기에 부족함이 없는 요리였다.

교통사고 이후, 그러니까 네 살 때부터 부모님께서 멸치와 우유를 많이 먹이셨다고 한다. 그 영향이 있는 걸까. 나는 멸치만 있으면 정말 밥 한 공기 뚝딱 먹는 성인으로 컸다. 변진섭이 김치볶음밥을 잘 만드는 여자를 희망사항으로 뽑았듯, 나는 취사병이 되었을 때 멸치볶음을 잘 만드는 남자가 되어 누군가의 희망사항이 되고 싶었다. 그런데 군대에서는 그냥 멸치볶음이 아니라 꽈리고추 멸치볶음만 나왔다. 누구는 무슨 문제냐고 할 수 있지만 아몬드 롤빵은 좋아해도 건포도 롤빵은 좋아하지 않는 것처럼, 나는 멸치볶음 속 꽈리고추가 너무도 싫었다. 물렁한 식감과 애교로 넘어가기엔 너무도 큰 크기, 그나마 향은 좋아 멸치만 있을 땐 과감한 젓가락질로 마음껏 먹을 수 있는데 꽈리고추에 붙은 멸치를 떼 먹는 건 너무도 번거로웠다. 꽈리고추 멸치볶음을 하기 위해선 먼저 꽈리고추의 꼭지를 제거한다. 좋아하는 멸치볶음을 하기 위해 싫어하는 꽈리고추를 손질해야 한다니. 역시 누군가의 희망사항이 되기란 쉬운 일이 아니었다.

꽈리고추 멸치볶음에는 좋아하는 걸 얻기 위해선 싫어하는 일을 해야 한다는 오묘한 인생의 섭리가 담겨 있다. 재료뿐만이 아니라 조리법도 그렇다. 멸치볶음은 물엿을 넣어야 단맛이 생기

살짜쿵 군대요리

지만 물엿을 넣는 순간부터 탈 위험이 생긴다. 애초에 잔멸치도 타기 쉬운데 거기다 물엿을 넣으면 잘 섞이지도 않아서 요리의 난이도가 높아진다. 그렇다고 물엿을 넣지 않으면 그저 잘 구운 멸치가 될 뿐이다.

물엿은 이름만 들었을 땐 다디달 것 같은데 의외로 요리에 넣었을 때 단맛이 잘 느껴지지 않는다. 보통 요리에는 단맛을 낸다기보다 윤기를 더하는 용도로 사용한다. 멸치볶음과 맛탕처럼 정말 모든 재료를 물엿으로 두를 정도가 되어야 달게 느껴진다. 물엿이 워낙 용도가 한정적이다 보니 멸치볶음이 나왔을 땐 남은 물엿을 다 들이붓기도 했다. 남은 물엿이 아깝다는 마음인데, 사실 이 마음으로 인해 꽈리고추 멸치볶음을 몇 번이나 태워 먹었다. 꽈리고추 멸치볶음을 잘하기 위해선 약불로 볶아야 한다. 무쇠솥의 온도가 올라갔다면 불을 아예 끄고 솥에 남아 있는 잔열로 조리한다. 불을 조금만 세게 올려도 멸치가 순식간에 타버리고 윤기 나는 회색 멸치가 아니라 먹기 싫은 검정 멸치가 돼버린다.

멸치볶음이 나오는 날에는 김이 또 잘 나가기 때문에 맛김이 여유가 있으면 같이 내곤 했다. 다른 재료가 들어가지 않은 김밥은 참 상징적인 음식이다. 검정과 하양이란 색부터 보자. 다채로운 색깔들로 무장한 다른 반찬들과 다르게 무채색으로만 이루어졌다. 모든 빛을 반사하는 흰색과 모든 빛을 흡수하는 검은색처럼, 하얀 밥은 다른 모든 재료들의 맛을 더 도드라지게 만들어주고 검정 김은 항상 다른 재료를 감싸 안아서 먹게 한다. 식판에 담겨져 있는 밥은 식기가 없으면 먹기 힘들고, 김은 그 자체만 먹으면 입에서 눌어붙곤 하는데 둘의 조합은 간편식으로 재탄생이 된다. 하지만 김밥은 간편한 만큼 그냥 먹기에 심심한 편이다. 이때 멸치볶음은 좋은 조력자다. 멸치볶음에 나오는 잔멸치는 이름 그대로 잘다. 하나하나는 씹어도 짠맛밖에 나지 않고 그냥 볶으면 멸치들은 지친 광부들처럼 축 늘어져 식감도 좋지 않다. 그러나 물엿이란 회춘의 명약을 마신 멸치들은 더 이상 흐느적거리지 않으며 단단하게 서서 입안에서 자기주장을 확실히 한다. 섞박지와 젓갈을 같이 제공하는 것으로 충무김밥이 독립적인

살짜쿵 군대요리

브랜드가 된 것처럼 멸치볶음 또한 김밥의 맛 순
위를 몇 계단이나 올려주는 훌륭한 조력자다.

비상식량

취사병을 위한 안전장치

Q. 반찬이 타면 반찬 없이 밥만 먹나요?

A. 맛김을 냅니다.

군대에서 반찬을 태우면 걱정해야 할 것은 어떻게 밥을 먹느냐가 아니라 얼마나 욕을 먹느냐이다. 그러나 이 책의 주제는 군대 이야기가 아니라 군대 '요리' 이야기니 전자에 대해서 이야기를 해보겠다. 취사병도 인간이기에, 그것도 20년 동안 칼질 한 번 해보지 않다 느닷없이 이백 명이 훌쩍 넘는 인원의 식사를 책임지게 된 젊은이이기에 실수할 수 있다. 그런 경우를 대비한 비상 아이템들이 있다.

첫 번째는 맛김이다. 맛김은 단독반찬으로도 나오고 멸치볶음과의 협력처럼 다른 반찬과 어울려 훌륭한 성과를 내기도 한다. 하지만 맛김의 진가는 비닐포장이 되어서 장기 보관이 가능하다는 점이다. 근무하던 취사장은 생활관(숙소) 바로 옆에 붙어 있었고 1층에는 각종 식재료를 보관하는 냉장고가 있으며, 2층에서 조리와 식사를 할 수 있었다. 그리고 그 건물에서 한 200m 떨어진 언덕에 통조림, 식용유, 고추장, 맛스타 등 장기간 실온 보관이 가능한 재료들을 두는 창고가 있었다. 맛김은 통조림 등과 마찬가지로 장기간 보관이 가능한 비상식량으로 비닐포장을 뜯기만 하면 식사가 가능해서 편리했다. 때문에 반찬이 부족할 때 취사병들이 용이하게 쓸 수 있었다. 물론 오삼불고기 대신 맛김이 나갔다면 그날로 요리 담당자는 전 부대 고참들에게 끌려다니며 능지처참을 당했을 것이다. 다행히 꽈리고추 멸치볶음은 내 최애 메뉴였을 뿐 그렇게 인기 있는 메뉴는 아니었기에 멸치볶음을 태우고 맛김을 냈어도 지금이렇게 멀쩡한 두 손으로 글을 쓸 수 있다. 참고로 맛김의 상위호환 격인 김자반이 있다. 김자반도 진공포장이 되어서 간단하게 뜯는 것만으로 식사를 준비할 수 있고, 바삭한 식감과 단맛이 추가가 되어 맛김보다 훨씬 더 많은 사랑을 받았다. 다만 가격대가 있어서인지 맛김처럼 대량으로 들어오지 않고 식사 메뉴에 있을 때만 보급을 받았다.

고추장과 참기름도 위급상황 시 쓰기에 좋다. 야채 반찬이 나왔다면 바로 비빔밥을 해서 먹기 좋고, 다른 반찬이 없어도 그 둘만 밥에 비벼 먹어도 맛난다. 양념류들은 대체로 여유분을 보관하기 때문에 상시로 사용할 수도 있다. 개인적으로 아침 메뉴로 나오는 감자채볶음에 맛김을 부셔서 뿌린 다음, 계란프라이를 하나 올린 뒤 고추장과 참기름을 넣어서 비벼 먹는 걸 정말 좋아했다. 이 단순한 게 무슨 맛인가 싶은데 지금도 글을 쓰면서 침을 삼켰다. 전역 후에 집에서 혼자 밥 먹을 때 가장 많이 애용하는 조합이기도 하다.

꽈리고추 멸치볶음이 아니라 메인 반찬 격이 되는 요리가 잘못될 수도 있다. 메인 반찬은 숙련된 취사병만 맡기 때문에 실수하는 일이 드물지만 반찬 수급이 제대로 되지 않았다든가, 갑자기 타 부대 파견으로 식수인원이 증가하면서 배식 중간에 음식이 떨어지는 일이 생기곤 한다. 그

살짜쿵 군대요리

럴 때는 맛김과 고추장 정도로는 대체가 불가능하다. 탕수육을 먹으려고 취사장에 왔는데 중간에 음식이 다 떨어져서 맛김이 나온다고 생각해보자. 그랬다간 낙심한 병사가 탈영을 할지도 모른다. 부대에서는 탈영을 막기 위해 깡통 통조림을 준비하고 있다.

모든 부대는 꽤 많은 양의 통조림을 보관하고 있다. 사실 이는 탈영을 막기 위해서가 아니라 전쟁 등의 위급상황을 대비해서다. 전시에는 평시라면 삼 일에 한 번씩 오는 부식차량이 오지 못할 수도 있다. 그리고 굳이 전쟁이 아니더라도 도로 공사, 침수, 폭설 등으로 인해 부대에 보급차량이 오지 못할 수도 있다. 많은 수의 군부대가 산꼭대기에 있음을 생각하면 이건 꽤나 가능성이 높은 위기다. 이때를 대비해서 모든 부대에 3일 치 비상식량을 보관하는 것이다. 비상식량은 당연히 유통기한이 길고 보관이 쉬워야 하기에 깡통 통조림이 많다. 비상식량 종류는 카레, 짜장, 꼬리곰탕처럼 2kg 정도 되는 큰 통조림도 있고 육고기비빔소스, 해물비빔소스처럼 1인용 통조림도 있다. 메인 반찬이 떨어지면 이 통조림을 데운 후 빠르게 제공했다. 세상엔 위급상황이 언제나 존재한다. 그리고 이때를 대비해서 플랜B가 있어야 하는 법이다.

통조림은 장기간 보관 가능한 것이 최우선 조건이기 때문에 맛이 뛰어나지는 않다. 군대 최악의 식단을 검색하면 해물고기, 카레 등이 높은 순위권으로 자주 보인다. 지금도 군대 통조림 카레를 떠올리면 별로 기분이 좋지 않다. 김치 맛으로 버티며 먹었던 것 같다. 병사들이 얼마나 질색을 했는지 2020년부터 해물비빔소스와 육고기비빔소스는 퇴출되었으며 카레와 짜장 또한 통조림이 아니라 레토르트로 나와서 개별 지급이 된다고 한다. 꼰대 같은 말이지만 요즘 군대 정말 좋아지고 있다는 걸 카레를 통해서 느낀다.

소시지야채볶음
양념을 묻힐까, 그냥 낼까?

Q. 병사들의 아침 최애 메뉴는?

A. 단언컨대, 비엔나

    취사병의 상징은 단연 삽이다. 식칼, 고무장갑, 국주걱 등 다양한 식기 중에서 유독 취사병이라고 하면 삽을 많이 떠올린다. 공사장에서나 볼 줄 알았던 삽이 식당에 있으니 보는 사람으로 하여금 인지부조화가 일어나면서 강한 인상을 주는 듯하다. 조림을 하면서 불에 어느 정도 익숙해지면 이제 대형 솥과 삽을 쓰는 볶음요리가 시작된다.

    가장 처음 대형 솥을 쓰는 볶음요리는 소시지야채볶음, 통칭 '쏘야'다. 쏘야는 양파와 피망 등의 재료를 볶다가 소시지를 넣고 다시 볶은 다음 마지막에 케첩을 부어서 완성한다. 양념을 직접 만들지도 않고 주재료 위에 코팅만 하는 식이라 볶음이라고 부르기도 민망하지만 식단 이름이 소시지야채‘볶음’이다. 어린아이 머리에 성별 표시를 위해 리본을 다는 것처럼 볶음이라고 말하지 않으면 모를까 봐 메뉴 이름에 급히 추가한 느낌이다.

쏘야는 단순하지만 의외로 타기 쉬운 메뉴다. 단체급식에서 볶음을 태우기란 정말로 어려운 일이다. 워낙 양이 많으니 재료가 탈 정도로 쉽게 온도가 오르지 않기 때문이다. 더군다나 제육이나 소고기볶음 등 생고기가 아니라 물기가 많은 양념 고기를 주로 내기 때문에 태울 일이 없다. 그러나 쏘야는 볶음류 중에 부피도 가장 적고 양념도 없으며, 심지어 케첩이 워낙 빨리 타기 때문에 잠깐 손을 쉬면 홀라당 타버린다. 그리고 다른 반찬들은 몰라도 쏘야는 태우면 안 되는 반찬이다. 아침 메뉴가 쏘야에서 맛김으로 변경이 되면 그때는 전부대원들의 욕설을 들을 수 있다.

쏘야를 태우지 않기 위해선 세 가지 방법이 있다. 첫 번째는 케첩들을 다 미리 까서 큰 바가지에 모아두는 방법이다. 혹은 2인 1조로 한 명이 볶는 동안 한 명이 케첩을 넣기도 한다. 두 번째는 기름을 가득 두르는 방법이다. 모든 볶음은 기름을 잔뜩 두르면 타지도 않고 맛있어지는 법이다. 하지만 건강에 민감하다면 이 방법을 선호하진 않을 것이다. 마지막은 소시지가 다 터질 때까지 볶다가 불을 완전히 끄고 잔열에 케첩을 묻히듯 조리하는 방법이다. 하지만 대형 솥의 잔열은 가정집의 프라이팬과 비교도 할 수 없을 정도라, 잔열로도 타는 경우가 있으니 조심해야 한다.

사실 쏘야를 가장 안전하고 손쉽게 먹는 법은 소시지만 익히고 케첩은 따로 내는 것이다. 이에 대해서 취사장은 찍먹과 부먹 논란처럼 두 개 파로 나눠졌으니 양념을 좋아하지 않던 나와 맞선임은 케첩을 따로 제공하길 바랐고, 쏘야는 무조건 케첩과 같이 나와야 촉촉해서 좋다고 생각하던 서열 1위부터 3위는 케첩과 같이 볶길 원했다. 우리는 어떻게 쏘야를 했을까? 2대 3으로 의견이 갈렸으니 민주적으로 토론과 투표를 했을까? 아니다. 군대는 무조건 짬순이다. 서열 3위가 전역할 때까지는 케첩과 함께 볶았고 내 맞선임이 최고참이 되었을 때부터 나까지는 케첩을 따로 냈다. 쏘야라는 반찬의 형태만 봐도 한 조직을 이끄는 우두머리가 왜 중요한지를 알게 된다.

쏘야는 아침 반찬으로만 나온다. 그리고 부대 사람들이 가장 좋아하던 아침 식단이었다. 아침 한 끼를 걸러서라도 아침잠을 더 자고 싶은 건 군인도 마찬가지다. 하지만 쏘야가 나온다면? 쏘야와 맛김 조합이라면 사람들이 아침에도 밥을 가득 먹는 걸 볼 수 있다. 소시지는 돼지고기를 다진 후 소금 등으로 간을 한 뒤 포장재 안에 넣고 가열해서 만든 식품이다. 그 자체로 간이 되어 있으니 그냥 먹어도 짭짤하니 맛있고 케첩을 더하면 새콤달콤한 맛이 추가된다. 다진 고기만이 가지고 있는 맛과 식감도 좋지만, 겉껍질이 입안에서 터질 때 느껴지는 육즙이 소시지만의 차별성을 만든다. 김이 모락모락 나는 흰 쌀밥 위에 소시지 하나면 아침을 든든하게 시작할 수 있다. 어머님들, 아이들이 일찍 일어나지 않는다면 아침에 쏘야를 해보시는 게 어떨까요?

배식

진정한 짬밥의 맛을 알게 해주다

Q. 최고참의 가장 중요한 역할은?

A. 배식입니다.

　복무했던 병영 식당에는 다섯 명의 취사병이 있었다. 나를 많이 괴롭혔던 서열 2위는 다시 보기 싫은 사람으로 기억하고, 서열 3위와 4위하고는 사이가 좋아 지금까지 연락하고 있다. 작년에는 둘 모두의 결혼식에도 다녀왔을 정도니 같이 고생했던 경험이 있는 사람들과는 인연이 강하게 맺어지는 듯싶다. 반면 서열 1위 최고참은 기억 속에서 흐릿하기만 하다. 가장 짧은 시간을 함께 했기 때문이며, 내가 들어왔을 때는 식당에 나오는 시간보다 내무반에서 잠을 자던 시간이 더 길었기 때문이다. 원래 군대는 계급이 높아질수록 부대에서 존재감이 강해지지만 병장을 달고 전역할 때가 다가오면 떨어지는 낙엽도 조심할 정도로 근신하며 지내기 때문에 존재감이 희미해진다. 그러나 쏘야를 결정할 때처럼 최고참의 권위를 알게 되는 때가 있다. 바로 배식이다.

취사병은 군인 중에 가장 군인 같지 않은 군인이다. 각종 훈련에 열외가 되며 2년 내내 총기 대신 삽을 쥐고 밥만 한다. 그러나 취사장도 군대의 한 부분이기 때문에 군대 논리에 충실하여 모든 궂은일은 막내에게 양보하는 미덕을 지킨다. 하지만 맛난 음식 배식만큼은 막내가 아니라 최선임이 맡는다. 이유는 다른 부서원들의 기싸움에서 밀리지 않고 모든 부대원들이 식사를 마칠 때까지 반찬을 사수하기 위해서다.

가지볶음 같은 반찬은 자율배식을 해도 양이 줄지 않지만 쏘야 같은 인기 메뉴가 나오면 더 달라는 말을 거의 모든 부대원들에게 듣게 된다. 이때 막내가 배식을 맡으면 어떻게 될까? 시설반 상병이 반찬을 더 달라고 하는데 식당 일병이 거부하기란 어려운 일이다. 그래서 짬이 높은 고참이 필요한 것이다. 나름 부서별 기싸움과도 연관이 된 일이라 매사가 귀찮은 최선임도 이 배식만큼

살짜쿵 군대요리

은 도와줬다.

우리 부대의 취사장에서 가장 행패를 부렸던 부서는 사격통제반이었다. 사통반은 유독 무서운 선임들이 많아서 그들이 반찬을 더 달라고 하면 취사병들은 쩔쩔매곤 했다. 특정 부서가 힘이 센 이유를 알기 위해선 해병대를 생각하면 된다. 해병대는 여러 부대 중에 가장 힘들다고 알려져 있다. 그래서 타 군을 나온 사람들도 해병대를 전역한 사람들에 대해 고생이 많았다고 인정한다. 마찬가지로 공군 부대 안에서도 가장 고생이 많다고 알려진 부서는 다른 부서들도 함부로 하지 못하는 것이다. 내가 복무한 포대의 가장 중요한 역할은 포대에 배치된 호크 미사일을 다루는 것이었고, 그만큼 사격통제반이 가장 군기가 엄한 곳이었다.

호크 미사일과 군기 사이의 인과관계를 이해하기 어렵다면 돈을 보면 된다. 국방력은 국가의 부유함과 연관이 깊다. 하늘에 날아다니는 전투기는 몇백억에서 천억이 넘기도 하며, 그걸 격추시키는 미사일 역시 억소리가 나온다. 호크 미사일은 비행기를 저격하는 지대공 미사일로, 아버지뻘 군필자분들에게 이야기하면 '이야~ 아직도 호크 미사일이 있단 말이야?'라는 소리를 듣는 오래된 유물이다.* 그렇지만 그 호크 미사일 역시 귀한 세금이 억대로 들어간 미사일이고, 그 미사일을 다루는 사통반의 군기는 다른 부서들보다 훨씬 심할 수밖에 없는 것이다.** 그래서 맛난 반찬이 나올 때면 사통반 선임들이 가장 두려웠다.

내가 부대에 배치받았을 때 식당의 최선임은 병장이 아닌 상병이었다. 식당에서는 가장 고참이었지만 부대 전체로 봤을 땐 그렇게 높은 계급이 아니었다. 그렇다 보니 '창고에서 맛김 좀 꺼내 달라', '밥이 심심한데 고추장 좀 달라', '아이스크림 남은 거 없냐' 등 다른 부서들의 최고참들이 하는 말에 많이 휘둘리곤 했었다.

하지만 재미있게도 모든 것에는 흥망성쇠가

---

* 우리나라에선 2022년에 모두 퇴역해서 지금은 군대에서 볼 수 없다. 현재는 천궁을 사용하고 있다고 한다.
** 비슷한 이유로 두 번째로 엄했던 부서는 대공포반이었다. 그러나 이는 공군, 그 안에서도 작은 포대의 일일 뿐이다. 내가 있는 우물 안에서 최고였을 뿐이지 누군가는 콧방귀도 뀌지 않을 것이다.

살짜쿵 군대요리

있다. 부서별 파워 게임도 있지만 그래도 군대는 결국 짬이 권력이다. 흐름에 따라 식당 최선임의 짬이 다른 부서들보다 높아졌을 때가 온다. 그때가 되면 취사병들도 의기양양해진다. 그러다 또 최선임이 전역하고 우리 부서보다 다른 부서 최고참 짬이 더 높아지는 시기가 찾아오면 다시 공손해지는 것이다. 군생활을 하면 짬밥의 맛뿐만 아니라 이렇게 권력의 맛도 알게 된다.

개인적으로 공공기관에서 군생활을 호봉으로 인정해주는 것에 긍정적이다. 이등병부터 병장까지 거치고 전역을 하는 과정은 인턴부터 CEO까지 승진한 뒤 은퇴하는 것과 비슷하다. 부서에 따라서 적게는 두세 명, 많게는 수십 명의 인원과 주어진 일과를 처리하기 때문에 조직관리를 경험하는 것이다. 군호봉 인정은 나라를 위해 복무했기 때문에 혜택을 준다는 의미이지만 이들이 경험한 조직관리에 대한 인정도 있으면 좋겠다.

막내 시절, 최선임이 되더라도 최선임의 권력을 휘두르지 말자고 다짐을 했었다. 그러나 사람은 서 있는 위치에 따라서 다른 풍경을 본다는 말이 있다. 평일과 다르게 주말에는 당직을 서는 최소 인력을 제외하면 하사 이상의 간부가 없고 자유일과만 있기 때문에 부대가 자유롭다. 그래서 주말이면 아침밥을 먹지 않고 점심 때까지 자는 병사들도 많았다.* 밥을 만드는 입장에서 기껏 만든 식사가 그대로 버려지는 것만큼 스트레스를 받는 일이 없다. 그래서 나는 최선임이 되었을 때 생활관을 돌면서 나보다 계급이 낮은 병사들을 깨워서 아침을 먹으라고 엄포를 놓았다.

엄포를 놓았다고 정중하게 적었지만 몇 번 퇴고를 하다 보니 이 부분은 사실 쌍욕이 난무했다고 솔직히 적는다. 개인적으로 군대에서 욕설을 배워 온 것이 조금은 서글프다. 변명하자면 군대는 집단의 주요 기능 중 하나가 사람의 생명을 해칠 수 있는 살상무기를 다루는 것이기 때문에 강력한 질서유지가 필요하다. 잠시 정신을 놓고 있

---

* 도서관에 근무하는 근로학생한테 들으니 요즘 군대는 주말에 아침을 건너뛰고 11시쯤 브런치를 제공하기도 한다고 한다. 전역한 지 이제 10년인데 그동안 너무 많은 변화가 생겼다는 점에 놀랐고, 더 많은 변화가 생기기 전에 이 글을 빨리 출간해야지 다짐했다.

살짜쿵 군대요리

다가 총기사고가 나는 것보다 엄한 군기를 유지하여 모두의 정신을 바짝 차리게 하는 것이 중요하다. 그리고 군대는 불특정 다수의 모두가 모이는 곳이고 여기서 선임이 되는 것은 능력이 아닌 짬이다. 능력이 뛰어나서 모두의 위에 있어도 아래에서 제대로 따를지 미지수인데 이것이 겨우 누가 더 오래 있었느냐로 정해지는 것이다. 그것도 사회생활 경험이 전무한 이십 대 초중반의 남자들이 말이다.

결국 군대에 욕설 등이 난무하는 까닭은 조직의 성격상 강력한 질서유지가 필요하고, 그 질서를 능력에 기초한 카리스마가 없는 사람들도 언젠가는 선임이 되어서 후임들을 끌고 가야 하는 구조에서 나온다고 생각한다. 아무런 카리스마, 지도력이 없는 사람이 가장 쉽게 다른 사람의 행동을 강제하는 방법이 바로 언어폭력이기 때문이다. 예컨대 만약 그때 나에게 모든 사람을 이끄는 지도력이, 혹은 모든 사람들에게 호감을 사는 매력이, 그것도 아니라면 집단을 현혹시키는 최면술 내지 뛰어난 화술이 있었다면 부대원들을 깨우는 데 욕을 하지 않아도 되었을 것이다. 그렇지만 그때 나에게는 아무것도 없었다. 책에서 얻은 지식으로 세상을 바꿀 수 있다는 허울뿐인 이상만 가득했던 이십 대 초반의 몽상가였고 군복무 동안 다른 사람들의 행동을 원하는 대로 바꾸기란 어렵다는 것만 깨달았다. 결국 내가 쓸 수 있는 카드는 욕설을 통해 그들보다 내가 우위에 있다는 점을 상기시키고 계급으로 그들이 원치 않은 행동을 강요하는 것이었다.

군복무를 하면서 스스로에게 가장 실망했던 점이다. 그래서 전역 후 조모임, 서포터즈 등에서 팀장에 자원하며 다른 사람들을 이끄는 역할을 많이 맡았다. 나는 말이 많아서 글을 쓰는 사람답게 다수의 사람들과 쉽게 친해진다. 친화력이 좋으면 사회생활을 잘하는 것처럼 보이지만 이건 사실 양날의 검이다. 같이 업무를 하다 보면 다른 사람들에게 싫은 소리도 해야 하는 법인데 모두와 두루 친하게 지내다 보면 규칙 준수, 과제 마감 재촉 등 싫은 소리를 하는 것이 어려워질 때도 있기 때문이다. 그렇지만 전역 이후에는 이 싫은 소리를 단호하게 하는 법을 연습했다. 욕설까지 했던 사람인데 무엇이 무서울까. 지금은 사회생활을 하면서 여러 사람을 이끄는 멋진 카드를 가진 뛰어난 팀장님도 만나보고 다른 직원들과 같이 협업하는 업무도 진행하면서 나에게도 다른 사람을 끌고 가는 카드가 있다는 걸 알고 있다.

진심으로 다시 가기 싫은 군대지만 요리와 남에게 싫은 소리를 하는 법, 두 가지를 배운 것에 대해선 감사하게 생각한다. 물론 이것을 욕설이 아닌 다른 통로를 통해 깨달았다면 조금도 서글프지 않았을 텐데. 부족한 사람이라 아쉬움이 남는다.

제육볶음
군대 고기가 질긴 이유

Q. 군대에서는 왜 생고기가 나오지 않나요?

A. 단체급식에는 양념된 고기가 최고입니다.

　기본 반찬 중에는 무생채, 콩나물무침, 오이무침 3개를 가장 많이 만든다면 중심 반찬 중에서는 제육볶음과 닭볶음탕, 소고기불고기 3개를 가장 자주 만든다. 기본 반찬 3대장, 조림 3대장, 볶음 3대장까지 만들 수 있게 되었을 때, 이제 한식에 대해서 대충 가닥은 잡았다는 자신감이 들었다. 볶음 한 가지만 익혔을 뿐인데 주재료가 소, 닭, 돼지인지 중심되는 양념이 고추장인지 간장인지에 따라서 나오는 요리가 여섯 가지나 된다. 한 개 요리만 졸업하면 여섯 가지 요리가 따라오는 것이다. 요리가 이렇게 쉽다니, 세상 모든 요리를 다 할 수 있을 것만 같은 자신감이 가장 많이 차 있을 때가 볶음을 배웠을 때다.

물론 이런 자신감은 군대에서 요리를 배웠기 때문에 차오른 것이다. 전역 후 요리를 하려고 유튜브를 찾아보니 계란프라이 하나에도 정말 온갖 정성을 담는다는 걸 깨달았다. 사회에서 식당을 연다면 깐깐한 손님들의 입맛을 맞춰야 살아남을 수 있기 때문에 더 악착같이 레시피를 연구할 것이다. 하지만 부대에서 하는 요리는 그냥 손님이 먹고 살아남으면 된다. 내가 하는 요리는 정말 최저한의 기본만 갖춘 요리였을 뿐이다. 그나마 내나름의 볶음 요리를 맛나게 하는 방법이 있었는데 고추장이 기본인 요리에 된장을 살짝 넣으면 풍미가 좀 더 느껴진다는 정도였다.

군대 고기는 고무줄 고기라는 오명이 있다. 고기 중의 제왕, 소고기가 나와도 질겨서 먹기 불편하다고 하고, 오히려 집에서 혼자 먹을 때는 버리기도 하는 돼지비계를 야들야들하다고 좋아하는 병사들이 많다. 군대 고기가 이토록 질긴 이유는 안전 때문이다. 군대에서 먹는 모든 고기는 생이 아니라 냉동으로 들어온다. 손님이 먹고 살아 있는 식당을 운영하기 위해선 식재료 오염의 위험을 최소한으로 해야 하니 냉장으로 재료를 운반하지 않는다. 또한 모든 고기는 생으로 구워 먹지 않고 양념을 한다. 생고기 200인분을 대형 솥에 한꺼번에 구우면 익은 정도를 고르게 하기 힘들 것이다. 그러나 양념을 넣고 오래 볶으면 고기는 질겨질지언정 모두가 확실하게 익은 고기를 먹을 수 있다. 그리고 소고기의 경우 애초에 양지*가 들어오기도 한다.

많은 사람들이 소와 돼지의 퍽퍽한 부위를 꺼린다. 그런데 닭볶음탕을 하면 퍽퍽한 닭가슴살만 노리는 사람들이 있다. 우리네 몸속에 운동 DNA가 있는 것일까. 군대에서 운동을 시작하는 사람들도 꽤 많다. 코로나를 기점으로 바디프로필을 찍는 사람들도 많아졌고 헬창이라는 단어가 나올 정도로 헬스에 진심인 사람들이 우리 주변에 많다. 군대에 있으면 규칙적으로 먹고 자고 매일 몸을 움직이기 때문에 별도로 운동을 하지 않아도 사회에 있을 때보다 몸이 좋아지기 마련이

---

* 소 몸통의 앞가슴부터 복부 아래쪽 살코기, 지방과 결합조직이 많은 편, 육질이 질기다.

다. 좋아진 몸을 보니 이전과 다르게 욕심이 생기고, 또 일과가 끝나면 딱히 할 일도 없기 때문에 헬스장을 찾는 병사들이 많았던 것 같다. 이들은 닭 요리가 나오면 가슴살만 골라 달라고 요구를 할 때가 있다. 운동하는 사람들은 단백질을 먹어서, 그렇지 않은 사람들은 상대적으로 부드러운 고기를 먹을 확률이 높아지니 이것이 바로 상부상조겠다.

고기를 좋아하는 나는 고무줄 고기든 아니든 뜨거운 쌀밥 위에 양념한 고기를 올리기만 하면, 먹기 전에 이미 행복하다. 특히나 고기 양념에 밥을 비벼 먹으면 한 그릇 먹을 걸 두 그릇 먹게 된다. 고기의 기름 국물과 양념의 짭짤함이 만났으니 당연하다. 취사장에서 가장 잘나가는 베스트 메뉴는 오삼불고기였다. 볶음계의 왕자로 실패할 수가 없는 요리다. 느끼한 삼겹살과 짭짤한 오징어의 조합, 거기에 매운 고추장까지? 오삼불고기는 감기에 걸린 상태로 간을 보면서 만들어도 맛있을 요리다. 그래서 오삼불고기는 잔반이 남은 적이 없다. 차돌된장찌개처럼 기름지고 짠 것은 실패할 수 없다.

전투식량
줄을 당기면 밥이 된다고요?

Q. 취사병은 훈련에 나가지 않나요?

A. 식사 준비가 훈련입니다.

　취사병은 각종 훈련에서 제외된다. 그러나 1년에 한두 번 정도 있는 큰 훈련에는 차량지원을 나간다. 전쟁이 나면 병사들은 어디에서 밥을 먹을까. 천막을 지어서 임시 식당을 만들까? 위급한 상황에 대비해서 기동형 취식차량, 일명 '밥차'가 있다. 짐칸에 천막을 친 트럭처럼 생겼는데 이 천막 안에 들어가면 밥을 하는 시설이 있다. 이 밥차를 타는 날은 정말 최악이다.

　취식차량에서 밥을 짓기 위해선 증기로 쪄야 하는데 이 차에 물을 넣는 것부터가 고난이다. 식수를 위해선 취사장 2층에서 야외에 있는 차량에 물을 채워야 한다. 급수통에 물을 넣어서 이동하는 것도 힘든데 수십 차례 왔다 갔다 해야 한다. 시작하기도 전에 온몸에 힘은 다 빠지는데, 기동하는 데 또 한나절이 걸린다. 취사병 모두가 이 차량을 처음 보는데 상사는 뒷짐을 쥐다 어딘가로 사라졌고 중사의 진두지휘하에 차량을 작동시켰다. 그럼 이제 좁고 어두운 공간에서 온갖 열을 받으며 요리를 해야 하는데 이 모든 작업을 군복을 입고 해야 한다. 이듬해에는 이 지원차량이 신형으로 바뀌어 조금 더 기동하기 쉬워졌지만 그럼에도 밥차는 취사병들에게 근심의 대상이다.

훈련 때 밥차를 운영하는 대신 전투식량을 줄 때도 있다. 그날은 휴가 같은 하루가 펼쳐진다. 배급받은 전투식량을 그저 나눠주기만 하면 끝이기 때문이다. 전투식량에는 구형과 신형이 있다. 구형은 동결건조시으로 끓는 물을 넣으면 밥이 완성된다. 작은 시리얼 백처럼 생겼으며 밑은 평평하고 위에는 지퍼가 있어 밀폐가 가능하다. 이 안에 건조된 완제품이 있어서 끓는 물로는 10분, 찬물로는 40분 정도 있으면 먹을 수 있다. 취사병들은 큰 솥 두 개를 이용해서 물을 끓여두고 병사들이 오면 배급했다. 쇠고기비빔밥, 제육비빔밥 등이 있으며 그 맛은 애매하다. 양이 적은데 딱히 더먹고 싶지는 않은 맛이랄까. 배고플 때 먹으면 화가 날지도 모른다.

즉각 취식형인 신형은 박스로 나온다. 줄만 쑥잡아당기면 발열팩에서 열이 나오면서 알아서 조리가 되기에 취사병들은 물도 안 끓여도 된다. 식단은 두 가지인데 하나만 보자. 쇠고기 볶음밥에 양념소시지, 미트로프, 볶음김치, 파운드케이크, 초코볼. 이렇게 글자로 나열해 놓으면 꽤나 훌륭한 식사 같다. 단어가 가진 포괄성 때문에 그렇다. '소시지'라는 단어는 겉이 탱글탱글하고 윤기가 흐르며 씹으면 육즙이 터지는 소시지부터 푸석푸석한 육고기를 억지로 형태만 소시지로 고정시킨 것까지 다양한 소시지를 포괄할 수 있다. 전투식량 소시지는 소시지라는 단어를 듣고 떠올리는 맛 1부터 10 중, 대략 2에서 3 사이에 있는 정도라고 생각하면 된다. 신형 전투식량 역시 그 맛은 애매하다. 그나마 볶음김치의 강렬한 맛으로 나머지를 먹을 수 있다. 파운드케이크는 호불호가 갈리는데 개인적으로 나에겐 극호였다. 케이크라는

살짜쿵 군대요리

단어가 무색하게 넓적한 사각형으로 된 베이지색 밀가루 덩어리는 굳이 씹어보지 않아도 딱딱하다는 걸 알 수 있다. 하지만 단백질바를 즐겨 먹는 나에게 이런 간편 전투식량은 너무나도 취향이었고 전역하고도 가끔 생각이 났을 정도다.

이 글을 쓰면서 조사를 해보니 국내의 모든 전투식량을 넘어서, 해외 전투식량까지 인터넷에서 판매하고 있었다. 인터넷의 신묘함에 놀라며 사무실에서 같이 일하는 직원들과 전투식량을 시켜 먹어봤다. 전자레인지로 돌려 먹는 쇠고기 비빔밥과 볶음밥을 주문했고 낮은 가격과 배송비 무료를 위한 금액을 맞추기 위해 꽤 많은 양을 주문했다. 세 명이서 2주 넘게 전투식량을 먹으면서 역시 추억은 추억으로만 간직해야 한다는 걸 깨달았다.

떡볶이
좋아하는 것도 많이 나오면 난감하다

Q. 군생활 중 가장 행복했을 때는 언제였나요?

A. 야식 먹을 때!

나는 시장에서 이것저것 사 먹는 군것질을 많이 좋아한다. 의자와 식탁이 있는 식당의 유혹은 쉽게 뿌리칠 수 있는 반면, 길거리에 매대와 좌판만 있는 노상 음식들에는 한없이 약하다. 핫도그, 닭꼬치, 국화빵, 붕어빵, 타코야끼 등 겨울철이면 이들을 위해서 삼 천 원 정도는 현금으로 가슴 속에 품고 다닐 정도다. 가장 좋아하는 노상 음식은 떡볶이다. 모락모락 김이 올라오는 따끈따끈한 국물 떡볶이, 뻘겋게 물든 떡을 한 입 먹으면 그 안에 하얀 속살은 말랑말랑 부드럽다. 떡볶이와 함께 있는 오뎅은 떡보다 질긴 식감과 곡물은 흉내 낼 수 없는 육즙으로 떡이 놓치고 있는 허전

살짜쿵 군대요리

함을 채워준다. 그뿐일까. 떡볶이 국물에 김밥이나 순대를 찍어 먹으면 또 별미다. 떡볶이는 전역 후에도 집에서 혼자 자주 만들어 먹는 음식이기도 하다. 재료도 구하기 쉽고 요리법도 쉽고 또 맛있다. 떡볶이는 한국인의 최애 음식 중 하나기도 하다. 뻘건 맛이 강조되는 음식인 만큼 김치와 함께 외국인들에게 소개하는 음식 중에 꼭 들어가는 음식이다. 그런데 이런 떡볶이도 부대에서 만나면 반갑지 않다.

우선 떡은 무겁다. 다른 재료들도 무겁지만 떡은 특별히 더 무겁다. 끈기가 있어서 그렇다. 자기들끼리 달라붙는 성질이 있기 때문에 떡을 저을 때면 저항이 그대로 느껴진다. 자기들끼리 좋다고 붙는 것들을 떼는 작업은 쉬운 일이 아니다. 그렇다고 이를 소홀히 하다간 선임들에게 들러붙은 떡을 배식하는 불상사가 생기고 담당 취사병이 떡이 될 수도 있으니 쉬이 넘길 수 없다. 더 큰 문제는 솥에도 떡이 들러붙는다는 점이다. 기피하고 싶은 설거지 1위가 떡볶이다. 기름 솥도 안 닦이긴 하지만 들러붙은 떡에 비할 바는 아니다. 심하게 떡이 눌러붙은 경우 뜨거운 물을 붓고 아예 한두 시간 정도 불린 다음에 설거지를 하기도 한다. 이처럼 떡볶이를 만들 때 삽을 돌리는 일이 힘들지만 이걸 소홀히 하면 더 힘든 일이 펼쳐진다. 그러니 정말 솥의 사방을, 골고루, 쉬지 않고 저어 줘야 한다.

떡볶이는 취사병 못지않게 병사들도 선호하지 않는다. 아무래도 많은 양의 떡을 한 번에 조리하다 보니 떡볶이가 정말 떡이 되는 상황이 벌어지기 때문이다. 쫄깃한 떡이 아니라 불어 터지기 직전인 떡볶이를 좋아하는 사람은 많지 않다. 그렇다 보니 떡볶이가 나오는 날은 병사들이 잔반을 많이 남기고, 대량의 음식물 쓰레기가 나오기도 한다. 취사병 보직을 기피하는 이유가 쉬는 날이 없고, 일이 고되기 때문이기도 하지만 음식물 쓰레기 처리와 같이 생각만 해도 막막한 일들도 직접 하기 때문이다. 가정집에서 나오는 음식물 쓰레기 정도를 생각하면 안 된다. 고작 200명인데도 이들이 매일 배출하는 잔반의 양은 어마어마하고 이를 모아서 배출하는 중간시설은 사무실만 한 크기를 가졌다. 군생활 중 이 중간시설에 문제가 생겨서 일주일이 넘게 고무장화를 신고 잔반의 늪을 헤매야만 했던 적이 있는데, 읽는 독자들도 힘들 것이고 쓰는 작가도 회상하기 끔찍하기 때문에 자세한 설명은 생략하겠다. 중요한 건 가급적 음식물 쓰레기를 만들지 않는 것이 지구에도 좋고 환경에도 좋고 취사병의 정신건강에도 좋다는 점이다.

그래서 떡볶이가 나오면 떡을 다 쓰지 않고 일정량을 남겨두곤 했다. 떡볶이 떡은 상온에서도 장기간 보관이 가능하며 다른 요리들과도 궁합이 좋다. 만둣국에 넣는다거나 닭볶음에 넣는 식으로 음식의 양을 늘리는 동시에 새로운 맛을 더할 수 있다.

떡볶이 떡은 밤이 깊을 때 취사병의 야식이 되기도 했다. 프라이팬에 기름을 두르고 떡을 튀기듯이 굽는다. 물기가 들어가면 기름이 튀니 주변에 물기를 정리하고 시작하자. 가끔은 맛을 위해서 건강을 뒤로할 때도 있는 법이다. 탄수화물을 튀기면 그 자체로 고열량의 훌륭한 간식이 된다. 맛과 칼로리는 비례하는 것이 당연하다. 우리는 칼로리를 좇는 방향으로 진화했기에 살이 찐다는 죄악의 크기만큼 맛을 느끼는 것이 자연스럽다. 흰 쌀떡이 기름을 머금어 약간 노란빛을 띨 정도로 튀겨졌으면 양념장을 만들자. 컵 하나에 고추장, 케첩, 물, 다진 마늘, 설탕, 물엿을 넣는다. 양념장은 항상 컵에 계량을 해야 실패하지 않는다. 기껏 떡을 노릇노릇 맛나게 구워놓고 양념 맛이 너무 세면 말짱 도루묵이니 섬세하게 양을 조율하자. 양념장은 프라이팬에 넣고 같이 볶아도 좋지만 군대 프라이팬은 코팅이 다 벗겨져 있는 경우가 많다. 이 경우 위생도 좋지 않고 프라이팬이 엉망이 된다. 프라이팬을 이용하지 않아도 되는 좋은 방법이 있다. 컵에 양념을 넣은 그대로 전자레인지에 1분 이내로 돌리기만 해도 양념장이 그럴듯해진다. 식판 한쪽에 떡을, 또 한쪽에 양념을 부으면 그날 저녁은 마음이 풍족해진다. 취사병의 행복은 멀리 있지 않다.

증식

이곳도 사람이 사는 곳이랍니다

Q. 군대에서는 사제 간식을 전혀 먹지 못하나요?

A. 우리도 여름에 구구콘 먹습니다.

군대에서 좋았던 점 중 하나는 아침마다 우유가 나온 것이다. 어렸을 때부터 멸치와 함께 우유를 꾸준히 먹어서 그런지 치즈, 요플레 등 유제품도 모두 좋아한다. 우유는 유당불내증 때문에 은근히 안 먹는 사람들이 있어 배식이 나오면 그런 사람의 몫까지 챙겨서 하루에 2, 3개씩 우유를 마셨다. 군내에서 우유를 꾸준하게 먹었더니 스무 살이 넘어서 키가 컸다는 아름다운 반전은 없었다. 그저 우유를 꾸준히 먹은 군인으로 전역을 하게 됐다.

우유처럼 취사병이 만드는 식사 외에 특별한 간식이 나올 때가 있다. 이걸 증식이라고 한다. 가장 흔한 증식은 캔음료수였다. 캔에 생생가득이라고 이름이 적혀 있지만 우리 포대에서는 이 음료를 2010년도에 단종된 '맛스타'라고 불렀다. 군 대리아처럼 맛스타라는 명칭이 워낙 인지도가 높았던지라 우리 포대뿐만 아니라 전군에서 대부분 맛스타라고 불렀던 것으로 알고 있다. 생생가득은 포도, 사과, 오렌지 등의 맛이 있었고 창고에 항상 여유분을 확보해 두었기 때문에 취사병들은 심심하면 마실 수 있었다.

생생가득 말고도 다양한 증식이 많다. 대표적인 증식이 '버디언'이다. 유튜브에서 괴기한 음료수 랭킹을 뽑으면 자주 나오는 양파음료다. 묘하게 박카스 맛이 나는데 전반적인 맛은 또 양파인지라 호불호가 강하게 갈리는 음료다. 사람들은 자극적인 것에만 관심이 있어서 군대 증식하면 버디언과 같은 괴기한 것만 떠올리는데 사실 군대 증식은 꽤나 잘 나온다. 여름철에는 월드콘, 부라보콘과 같이 편의점에서 사 먹는 콘아이스크림이 나온다. 가장 좋아하던 증식은 요플레다. 살면서 가장 많은 요플레를 먹은 때가 군대다. 그냥 먹어도 좋지만 얼려 먹으면 또 별미다. 살다 보면 돈을 벌고 싶다는 목표가 생길 때가 있는데, 군대에서처럼 요플레를 마음껏 먹을 수 있는 정도로 돈을 버는 것이 꽤 오랜 기간 나의 목표였다.

　이런 증식이 나오는 날이면 부서별로 짬이 높은 병사들은 괜히 식당 주변을 서성이며 취사병들에게 남은 아이스크림 없냐고 찔러보곤 했다. 이럴 때면 상당히 곤란해진다. 증식을 사수하자니 후환이 두렵고, 그렇다고 주자니 못 받는 병사들이 생길까 걱정이다. 우선은 남을 때까지 기다렸다가 드리겠다고 말하고, 그래도 안 되면 부서 최고참 핑계를 댄다. 이럴 때 쓰라고 윗사람이 위에 있는 것이다.

　여름철에 나오는 수박은 인기 증식 중에 하나다. 증식은 식사 시간에 먹는 것이 원칙이지만 인원이 많은 부서의 경우 수박만 따로 받아서 회식 때 먹기도 한다. 당연하지만 군대도 사람이 모인 곳인지라 회식이 있다. 입대 전에는 군대라고 하면 막연하게 전투기술을 배우는 훈련소라고 생각했는데 2년 복무를 마치고 나니 수많은 군인들로 이루어진 거대 기업으로 보인다. 취사장은 이 기업의 구내식당이다. 타 부서와의 원활한 관계 유지는 고객유치 및 민원관리에 필수적인 일이다. 예를 들어 대공포반에서 부서장이 삼겹살 바비큐 파티를 한다. 그런데 마침 운이 좋게 그 주에 수박이 나온다면? 대공포반이 식당으로 전화를 해서 대공포 인원에 해당하는 밥, 김치, 수박을 부탁을 하는 것이다. 그러면 이 수박은 화채가 되기도 하고 고기 후 먹는 후식이 되기도 한다.

수박, 아이스크림, 음료수는 식사 시간에 같이 나오는 증식이다. 이런 증식들 외에 일과 시간 후에 주기적으로 병사들에게 보급되는 증식들이 있다. 대표적인 것이 건빵과 쌀국수다. 군인들의 간식으로 유명한 건빵은 인지도만 높고 인기는 없다. 병사들이 하도 먹지를 않아서 이 건빵을 어떻게든 맛있게 먹어보자는 다양한 시도가 있었다. 먼저 우유에 말아서 콘프레이크처럼 먹는 건프레이크가 있지만, 이것을 한 번 이상 먹는 사람은 거의 보지 못했다. 건빵을 기름에 튀긴 뒤 설탕을 뿌리면 먹을 만하다고 한다. 맞선임이 도전정신이 강한 사람이라서 한 번 시도해보긴 했는데 그냥 달달한 튀김 밀가루다. 80년대도 아니고, 굳이 그러지 않아도 PX에 맛있는 과자가 많다.

쌀국수 역시 인기가 많지 않다. 자대배치를 받기 전, 훈련소에 있을 때는 매일매일이 육체훈련의 연속이라 언제나 배가 고팠다. 이때 쌀국수라는 것이 지급된다는 소식을 듣고는 엄청 기대에 부풀었었다. 몸에 좋은 음식만 먹다 보면 라면처럼 자극적인 음식이 그리워진다. 그럴 때, 라면은 아니지만 그 하위호환으로 보이는 국수가 나온다니 당연히 기대가 될 수밖에. 하지만 이 쌀국수를 먹어본 대다수의 훈련병들은 큰 실망을 했다. 군대 쌀국수는 뜨거운 물을 붓고 10분 이상 있어야 먹을 만해진다. 하지만 이 사실을 훈련병들은 알지 못하고, 또 빠르게 먹고 나가야 하는 훈련소 일정상 대부분 3분 후에 젓가락을 대고 면발의 질긴 식감에 치를 떨곤 했다. 간혹 쌀국수 매니아들이 있는데 이들에게 건빵 한 봉지를 받고 자신이 가지고 있는 쌀국수를 모두 주는 병사도 있었다. 모두의 취향이 제각각이기 때문에 모두가 만족하는 아름다운 교환의 장면이 펼쳐지기도 했다.

가장 특별한 증식은 쌀케이크일 것이다. 1년

에 단 한 번, 생일날 지급되는 증식으로 케이크라는 단어 앞에 '쌀'이 붙음으로 케이크 특유의 달콤함과 부드러움 대신 우리 민족의 따뜻한 정겨움을 담고 있다. 처음 쌀케이크가 나왔을 때는 압도적으로 빵보단 떡에 가까운 식감으로 말이 쌀케이크지 이건 떡케이크라는 의견이 다수였지만, 요즘은 기술의 발달로 떡과 빵 중간쯤의 오묘한 맛을 자랑한다. 쌀케이크는 소화도 잘되고 맛도 좋은 건강 케이크로 최근 쌀케이크만 전문으로 하는 가게도 늘고 있다. 그러나 군대 쌀케이크는 호불호 중 불호를 표시하는 병사들이 많았다. 막상 받아도 먹고 싶지 않아 관물대에 보관하다 취사장에 가져와서 버리는 병사들이 있었을 정도다. 결국 2022년에 부실급식 개선이라는 명목으로 쌀케이크는 취소되었으며 복지포인트 지급으로 대체되었다고 한다.

쌀케이크는 쌀소비에 더불어 장애인 일자리 창출에 도움이 되는 사업이었다. 그런 사업이 개선의 방향이 아니라 폐기가 되었다는 사실은, 축구를 하다 다치는 병사가 나오면 축구장을 없애는 군대식 문화가 여전하다는 걸 보여준다고 생각한다. 물론 군인장병을 수단으로 사용해서는 안 된다. 구제역이 돌면 돼지고기가, 조류독감이 돌면 닭고기가 군대 식단에 자주 나온다는 농담이 있다. 군인을 소모품으로 사용한다는 인식이 만든 정말 고약한 농담일 것이다. 처치 곤란한 쌀로 맛없게 만든 음식을 군인들한테 억지로 주는 것은 당연히 반대다. 하지만 쌀케이크가 그 정도로 못 먹을 음식은 아니었고, 실제로 기술이 좋아지면서 요즘은 쌀케이크 전문점도 생기는 추세다. 이러한 상황에서 더불어 사는 사회에 기여하던 사업을 그냥 없앤 것이 아쉽다.

쌀케이크 대신에 차라리 그냥 떡을 주었으면 어땠을까 싶은 마음도 있다. 그것도 무지개떡 통일이 아니라 인절미, 바람떡, 꿀떡 등 몇 가지 종류만 정한 뒤 선호대로 받게 한다면 만족도가 높지 않았을까. 쌀케이크도 초코, 딸기, 녹차, 화이트 등으로 조사해서 배급하였으니 그 정도 선택지도 못 만들진 않았을 듯싶다. 축구를 하다가 다치는 병사가 나오면 왜 다쳤는지 원인을 분석하고 후에 동일한 사고가 반복 발생하지 않도록 만드는 것, 그것이 가장 올바른 개선일 것이다.

냉면

취사병의 근육통을 유발하는 요리

Q. 휴가 가기 전날, 취사병만의 특별한 의식이 있다는데?

A. 당직사관에게 라면 끓여드리기

    취사병으로 있으며 가장 최악은 면요리였다. 대형 솥에 물을 붓고 면을 삶아보자. 떡과 같이 면도 잘 들러붙기 때문에 쉬지 않고 계속해서 솥을 저어줘야 한다. 떡은 자기들끼리 붙어 저항을 만든다면 면은 긴 가닥 수백 개가 뭉쳐 하나의 덩어리를 이루며 저항 그 자체가 된다. 떡이 예고편이라면 면은 본편이랄까. 면을 두고 맛있는 요리다, 소화가 안 된다 등의 이야기를 하는데 취사병에게 면이란 탄수화물로 이루어진 엄청난 질량 덩어리일 뿐이다. 쫄면을 한다면 면을 삶은 다음에 얼음을 넣어서 차게 식혀주는 과정이 또 추가된다. 얼음 또한 물로 만든 질량 알갱이일 뿐이다. 그걸 나르는 취사병들의 허리는 살려달라 소리친다.

식당에는 몸을 쓰는 노동이 많다. 여름철에는 열기에 땀이 흘러 힘들고, 겨울철에는 냉기에 손이 터질 듯해 힘들다. 여름철에 튀김을 한다고 생각해보자. 식용유 18L를 한꺼번에 솥에 붓고 온도를 180도까지 올린다. 닭을 200인분 정도 튀기려면 적어도 30분은 그 앞에 서 있어야 한다. 땀을 정말 비 오듯이 흘리기 마련이다. 그래도 튀김은 온도가 높을 뿐이지 팔이 아프지는 않다. 하지만 면요리는 덥고 팔도 아프다. 튀김이 사우나의 고통이라면 면요리는 헬스장의 고통이다.

나는 냉면을 좋아한다. 약간 시큼하면서 달달한 냉면 육수와 그 쫄깃한 면발. 술 마신 다음 날이면 해장음식으로도 즐겨 먹는다. 그렇지만 군대에서 마주한 냉면은 지옥에서 올라온 악마 그자체였다. 200인분의 면발을 30인분 정도씩 나눠서 삶는데 그것이 하나의 덩어리로 뭉쳐져서 떨어지지를 않는다. 그러면 쫄깃함으로 선호하였던 그 검은 면발이 우물 속에서 올라오는 귀신의 머리카락마냥 끔찍해진다. 물속에서 덩어리진 면발을 젓는 삽에는 엄청난 저항이 느껴진다. 그리고 그 저항은 4번과 5번 척추 사이를 분리하는 고통이 된다. 그렇다고 그보다 소분을 하면 배급 속도를 따라가지 못한다. 병사들은 특식이라고 좋다고 밀려드는데 취사병은 정말이지 죽고 싶다. 보통 좋아하는 메뉴가 나오면 배식 끝나고 많이 먹을 생각에 기대를 먼저 하는데 냉면만큼은 휴가 가는 날에 나오길 바라는 메뉴였다.

상대적으로 즐거운 면요리도 있다. 스파게티는 소스가 통조림으로 들어오고 면발 삶기도 그리 어렵지 않아서 배식받는 병사도 취사병도 즐거운 음식이다. 스파게티는 사회에서 먹을 때도 시판소스로 맛을 내서 그런가 군대에서 나와도 그냥저냥 사회의 맛과 비슷하게 즐길 수 있다. 물론 전문체인점의 스파게티가 아니라 휴게소 식당 정도의 맛을 기대한다면 말이다.

가장 편한 면요리는 라면이다. 라면은 면요리 중 가장 난이도가 낮아서 라면 150봉지와 수프 150개를 까는 일이 가장 어려운 단계다. 라면 면발은 꼬불꼬불하여 냉면이나 쫄면처럼 자기들끼리 잘 달라붙지도 않고 면 중에 가장 가볍다. 우리나라는 1인당 라면소비량이 가장 많은 국가로 5일에 한 번씩 라면을 먹는다*는 라면공화국이다. 하지만 라면을 1년에 한두 번, 펜션에서 잠을 잔 날에만 먹는 사람도 존재한다. 나는 여행 외에는 라면을 잘 먹지 않는 사람으로, 입대하기 전도 전역한 이후에도 여전히 라면은 끓이지 않는다. 군대에 있을 때가 살면서 가장 많이 라면을 끓인 기간이다. 취사병은 요리만 할 뿐 메뉴는 국방부에서 정한다.** 국방부는 병사들의 선호를 반영하기 때문에 취사병이 라면을 좋아하지 않아도 라면을 끓인다.

전역자는 군대 라면이라고 하면 취사장에서 주는 라면보다 뽀글이를 떠올릴 것이다. 뽀글이

---

* 두영준, "1인당 소비량 1위 한국... 라면에 대한 오해", <한국마케팅신문>, 2021. 03. 26
** 국방부는 장병만족도와 급식분야 빅데이터를 활용하여 한 달에 소고기 몇 회, 닭고기 몇 회 이런 식으로 체계적으로 메뉴를 짠다.

는 냄비에 끓이지 않고 봉지에다 뜨거운 물을 넣어서 먹는 라면을 말한다. 어떻게든 맛난 걸 먹고 싶은 군인들은 뽀글이를 그냥 먹지 않고 이 안에 참치, 햄 등을 넣어서 먹기도 한다. 재료수급이 한정적인 군부대 안에서도 인간의 창의력은 뽀글이를 재탄생시킨다. 따지고 보면 요리 시설이 없는 생활관에서 군인들이 먹을 수 있는 간식은 많지 않다. 짬밥이 아닌 무언가를 먹고 싶지만 선택지는 한정적이고, 냄비 없이 어떻게든 라면을 먹고 싶다는 욕망이 뽀글이라는 방법을 찾은 것이 아닐까 싶다.

추측만 하는 이유는 뽀글이에 대해 깊이 생각해본 적이 없기 때문이다. 당연하지만 라면을 좋아하지 않기에 군대에서 뽀글이 또한 먹어본 적이 없다. 게다가 라면이 먹고 싶어지면 취사장에서 끓여 먹으면 됐다. 봉지에 뜨거운 물을 붓다니, 그러다 손이라도 데면 어쩌려고 그럴까. 최고참이 되고 나서는 동기들을 데리고 와서 라면을 끓여주곤 했다. 군대에서 취사병은 최고의 동기라고 자부한다. 라면은 또 취사병들의 귀여운 뇌물이기도 하다. 다음 날 휴가를 나가는 취사병은 전날 저녁에 복무를 서는 당직사관이 식사할 때 라면을 제공하기도 했다. 이분의 심기가 불편하면 다음 날 휴가 가기 전에 훈계가 길어지기 때문이다. 휴가 나간다고 머리를 너무 길게 잘랐다거나 군복이 불량하다는 등 깐깐하게 심사를 할 수도 있으니 전날에 라면으로 기분을 풀어놓는 것이다.

잡채는 국물요리가 아니기 때문에 그 정도 난이도는 아니지만 그래도 여타의 볶음류와 비교하면 조리하기가 힘들다. 당면과 돼지고기, 당근, 양파, 시금치 등의 갖은 재료, 그리고 양념을 섞어야 하기 때문이다. 당면이 윤기가 넘쳐서 삽을 넣으면 홍해가 갈라지듯 삽이 들어갈 것이라 생각하면 안 된다. 당면 또한 그 자체로 하나의 덩어리다. 그것도 200인분의 덩어리. 잡채를 한다는 건 당면 전체의 무게를 버티면서 요리를 한다는 말이다. 어느 곳 하나 양념이 부족하지 않고 고루 스미게 하기 위해선 섬세한 마음보단 두꺼운 허리와 강한 팔뚝이 필요하다. 면요리는 정말 질량과의 싸움이다. 여기에 잡채는 재료 손질할 것도 많아서 번거롭기까지 하다. 개인적으로 잡채와 갈비탕을 할 줄 안다면 한식에서 못 할 요리는 많지 않다고 생각한다.

3장

상병:
요리에 자신감이 생기다

차례상
우리도 가끔 4인분을 만들 때가 있습니다

Q. 전역하고 요리할 때 가장 어려운 점이 무엇인가요?

A. 양이 너무 적어요.

　잡채를 배우고 나니 더 이상 한식에서 못 할 요리는 없다는 자신감이 차올랐다. 하지만 그 자신감은 부대에서 명절을 쇠면서 공손해졌다. 설날과 추석, 두 명절에는 병사들의 일과가 없으며 하루종일 쉬다가 오후가 되면 포대장 주관하에 모든 병사들이 모여서 장기자랑, 윷놀이 등을 했다. 장기자랑은 각 부서별 막내급들이 많이 나온다. 대부분 여자 아이돌 노래에 맞춰 춤을 추곤 한다. 나는 취사병 모자를 쓰고 나가서 윤도현 밴드의 <나는 나비>를 '나는 취사'로 개사를 하여 불렀다. 막내들이 나간다는 점에서 모두가 즐거운 행사는 아님이 분명하지만 대다수의 병사들은 일과가 없기 때문에 좋아했다. 물론 취사병들은 명절에도 똑같이 밥을 한다. 오히려 명절에는 합동 차례를 지내기 때문에 차례상이라는 새로운 과제가 주어진다.

생선을 굽고 전을 부치는데 이 차례상을 준비하면서 그동안 익혀왔던 요리 자신감이 한풀 꺾였다. 여태까지 기본 단위 50인분으로 요리를 해왔는데 갑자기 한상차림을 하니 영 익숙하지가 않았다. 도라지무침을 하는데 겨우 소금 한 '꼬집'만 넣으라니? 이것이 말이 되는가. 소금이란 바가지로 퍼서 간을 맞추는 거 아닌가. 겨우 엄지와 검지만 사용해서 무슨 요리를 한단 말인가. 거기다 뒤집개라니? 취사병의 상징은 대형 삽이다. 사실 대형 삽은 요리를 위해서만이 아니라 취사병의 단련을 위해서 존재한다. 와칸다 왕국에 아다만티움이 넘치듯 무쇠가 넘치는 취사장에서 살아남기 위해서 무거운 대형 삽을 매일같이 휘두르는 것이다. 대형 삽을 한 달 이상 휘두른 취사병들은 취사근이라고 하여 어깨부터 팔목까지 연결된 강력한 근육을 갖게 된다. 그런데 겨우 뒤집개라니! 이렇게 나무젓가락같이 가벼운 도구를 사용하면

살짜쿵 군대요리

근손실이 날 것이다. 차례상을 차리기 전까지만 해도 겨우 4인분 요리라는 사실에 코웃음을 쳤지만 막상 닥쳐온 소량요리는 이렇게 어려운 것이었다.

군대 복무 중에 한식조리사 자격증 시험을 볼 수 있는데 단체급식과 소량요리는 다른 점이 많기 때문에 이 자격증을 따는 취사병이 많지는 않다. 과거에는 군대에서 시험을 치면 사회에서 시험을 칠 때보다 쉽게 합격을 시켜주기도 했다는데 21세기 선진병영에서는 그런 부조리한 일은 없는 듯싶다. 절대로 내가 떨어져서 하는 소리가 아니다. 부대에 배치를 받고 반 년 정도 지났을 때 한식조리사 시험을 신청했다. 요리를 배우다 보니 적성에 맞았고 부대에 있을 때 자격증을 따두면 나중에 써먹을 때가 있을 거라 생각했다. 필기는 어렵지 않았다. 휴가를 나가서 필기 시험 책을 구입했고 한 달 정도 달달 외워서 시험을 쳤는데 쉽게 합격했다.

이제 남은 건 실기 시험인데 하필 시험 날이 생일이었고 시험장도 진주였다. 군인들은 민간인과 시험을 같이 보지 않고 따로 친다. 그런데 많은 수의 인원이 시험에 응시할 수 있는 대형 요리시설을 갖춘 부대는 취사병들이 요리를 배웠던 군수학교가 유일했다. 덕분에 1년 만에 다시 진주로 향했다. 자대가 있던 양주시 덕정에서 시험을 치는 진주에 가기 위해서 새벽에 당직사관한테 보고를 한 뒤 혼자 KTX를 탔다. 도착해서 시험을 치고 다시 덕정에 돌아오니 다음 날 새벽이었다. 당직사관에게 보고를 하고 나니 생일이 다 끝났다는 생각이 들었다. 그리고 시험까지 떨어졌으니 내 인생에서 가장 허무한 생일이었다.

한식조리사 시험이라고 하면 음식을 맛있게 만드는지를 심사할 것 같지만 맛과 같은 주관적인 요소가 자격증의 합격 여부를 가르는 기준이 될 수 없다. 그 대신 요리과정과 겉보기의 정해진 규격을 얼마나 준수했는지를 본다. 한마디로 '정해진 시간 동안 이렇게까지 예쁘게 만들 수 있습니다'를 보여주고 오는 시험처럼 느껴진다. 가로, 세로, 두께를 1cm×6cm×0.4cm 등으로 맞추는 것이 중요하며 고기의 경우 정말 얇게 채를 썰어야지 높은 기술점수를 받을 수 있다. 실기 시험은 정해진 요리 30여 가지 중에 두 가지가 나온다. 그래서 이 30여 가지 요리를 달달 연습해야 하는데 나는 시험 전까지 한 개도 연습하지 못했다. 시험 날짜 6개월 전에 신청을 했었는데, 시험 1, 2개월 전에는 신병이 들어와서 막내를 탈출하고 따로 연습할 수 있을 거란 생각을 했었다. 하지만 신병은 오지 않았고 시험을 칠 때까지 계속 막내였기 때문에 따로 준비할 수도 없었다.

그래도 매일 밥을 하니까 시험을 잘 볼 수 있다는 자신감은 있었다. 원래 군인은 무엇이든 할 수 있다는 용기를 가진 존재다. 하지만 시험장에 나온 구절판이라는 요리를 보자 내게 필요한 건 용기가 아닌 다양한 요리 경험이라는 것을 알았다. 구절판은 군대 식당에서 다뤄본 적이 없는 요리였고 지급된 재료를 가지고 이렇게 하면 되지 않을까라는 생각으로 눈치껏 만들었으나 생각처럼 잘되지 않았다. 제육볶음 200인분 하기가 시험이었다면 잘할 수 있었을 텐데, 취사병에게 50인분 이하의 요리란 너무도 어렵다.

탕수육
원형을 살려서 바삭하게 튀겨주세요

Q. 정말 튀기면 무엇이든 맛있어지나요?

A. 조기는 아닙니다.

    기름을 쓰는 요리란 양날의 검이다. 요리에 자신이 없는 취사병도 튀김이 나올 때면 목에 힘을 주게 된다. 튀김은 초심자가 요리를 해도 맛있을 확률이 높다. 하지만 튀김은 고되다. 여름철에 튀김을 하면 땀이 정말 비 오듯이 쏟아진다. 거기다 장시간 기름 앞에 있다 보면 기름 끓는 냄새에 입맛이 떨어진다. 다른 사람들에게는 맛난 튀김을 먹이면서 정작 자신은 튀김에 손도 대기 싫어진다. 또한 설거지가 힘들다. 기름이 식기까지 기다린 후 그 기름을 다시 통에 붓고, 기름에 전 대형 솥을 박박 닦아야 한다. 튀김을 하고 나면 몸에서 기름에 전 내가 풀풀 나기 마련이다.

튀김은 대형 솥에 18L 기름을 붓고 시작한다. 보통 기름은 2~4차례 재활용을 한다. 재활용을 할 때는 야채, 육류, 생선 순으로 한다. 그 역순으로 산패 속도가 낮기 때문이다. 감자와 야채튀김의 경우 다섯 번을 튀겨도 기름이 깨끗하다. 하지만 생선은 단 한 번을 튀겨도 기름이 검게 변한다. 기름이 검게 변하는 건 산성의 수치가 높아져서다. 산패 원인은 가열, 산소와의 접촉, 빛 등이 있다. 재료에 따라서 식자재의 수분이 다르기 때문에 산패 속도가 다르다. 물과 더불어 살았던 해산물들은 물이 아닌 기름에선 이렇게 거부 반응을 보여준다.

튀김은 튀김옷을 만드느냐, 만들지 않느냐로 난이도가 갈린다. 튀김옷은 튀김가루랑 밀가루를 2대 1로 섞고 물을 넣어서 농도를 만든다. 우유도 넣어보고 계란도 넣어봤는데 적절한 비율을 찾지 못했는지 물만 넣었을 때가 가장 맛이 좋았다. 너무 걸쭉하면 좋지 않고 들어서 떨어뜨릴 때 점성이 느껴질 정도가 좋다.

튀김은 감자튀김을 맨 처음 배운다. 감자를 큼

직큼직하게 8등분 내지 12등분을 낸다. 튀김옷은 살짝만 입힌다. 감자는 속이 부서질 위험이 없기 때문에 가장 쉽다. 튀김채로 탈탈 털어도 감자의 원형이 유지된다. 대신 감자가 두껍기 때문에 속까지 익히는 것이 중요하다. 튀김은 온도가 높을 때 재료를 넣어서 바삭바삭하게 만들고, 온도를 줄여서 속을 익힌 다음, 꺼내기 전에 온도를 또 높여서 바삭함을 유지한다.

그다음으로 쉬운 튀김은 생선까스다. 생선까스는 용가리치킨처럼 만들어진 상태의 냉동 제품이 오기 때문에 튀김옷을 만들지 않아도 되며 얇아서 속이 익지 않을 위험도 적다. 다만 생선살이기 때문에 부서질 위험이 있다. 생선까스를 할 때는 섬세하게 튀김채를 털어야 한다. 사각형의 생선까스 이삼십 개를 기름 안에서 정렬해 한꺼번에 들어 올린 다음 살살 여러 번 털고 다시 기름 안에 집어넣기를 반복한다. 생선까스는 타기도 쉽다. 그렇다고 너무 약한 온도로 오래 두면 생선까스 특유의 바삭함을 잃게 된다. 단체급식이다 보니 끝에 배식받는 병사는 눅눅한 튀김을 먹을 수도 있다. 튀김을 기름에서 꺼내기 직전에 기름

살짜쿵 군대요리

온도를 높여 흐물흐물한 생선까스가 나오지 않게 하는 것이 중요하다.

　튀기면 신발도 맛있어진다고 하는데 희한하게도 조기튀김은 병사들의 기피 1순위다. 군대에서 배식되는 조기가 작아 살을 바르는 것이 힘들기 때문 아닐까 싶다. 조기튀김이 나오는 날 잔반을 보면 이것이 과연 해체인지 파괴인지 헷갈리는 흔적들이 보인다. DJ DOC는 젓가락질 잘해야만 밥 잘 먹냐는 의문을 제기하였지만 2년 동안 식당에서 수만 번의 젓가락질을 보고 나니 젓가락질을 잘해야지 잘 먹는 반찬들이 분명 존재한다.

　튀김 중에 가장 어려운 건 탕수육이다. 우선 토막 나서 오는 닭과 달리 돼지고기를 손봐야 한다. 당연히 생고기 아니며, 냉동이다. 취사장으로 들어온 얼음덩어리 돼지고기를 탕수육용 고기로 만들기 위해선 3~4cm가량으로 잘라야 한다. 얼음덩어리를 조각내기 위해서는 사용하는 칼도 특별하다. 칼등이 0.5cm 정도 되고 상어 등지느러미처럼 생긴 반달형의 두껍고 무거운 칼이 있는데 이 칼로 쾅쾅 소리가 날 정도로 내리쳐서 조각을 낸다. 이때는 칼질보다 망치질이라는 단어가 더 어울린다. 이렇게 조각낸 고기에 튀김옷을 입혀 튀긴다.

보통 튀김은 이게 끝이다. 하지만 탕수육이 가장 어려운 튀김으로 뽑히는 이유는 여기에 소스 만들기가 추가되기 때문이다. 한식 위주인 군대요리에서 탕수육은 소스를 직접 만드는 유일한 요리다. 양념치킨의 양념소스, 생선까스의 타르타르소스 등 나머지 소스들은 다 기성품이 나온다. 대형 솥에서 튀김을 하는 사이 중간 솥에다 당근과 양파를 깍둑썰기하여 볶는다. 어느 정도 볶아졌으면 물을 붓고 거기에 케첩과 식초, 설탕과 간장을 넣어서 간을 맞춘다. 직접 요리를 하다 보면 시중에서 파는 음식들이 꺼려질 때가 있다. 케첩이나 콜라에 얼마나 많은 설탕이 들어가는지 보여주는 영상이 있는데, 소스 역시 마찬가지다. 탕수육 소스를 만들기 위해선 정말 상상 이상의 설탕이 들어간다. 적당히 단맛이 돌면 마지막으로 감자 전분을 넣어서 농도를 맞춘다. 탕수육 하면 찍먹과 부먹 논란이 있다. 소스가 넉넉하면 버무려서 배식을 했고 소스가 부족하다 싶으면 따로 배식을 했다. 나는 찍먹과 부먹 중에 선택을 할 수 있다면 찍먹을 선호한다. 양념의 맛을 진하게 먹고 싶을 때도, 또 살짝 간만 맞춰서 먹고 싶을 때도 있기 때문이다. 그러나 군대에서는 취사병 사정대로 주고, 주는 대로 먹어야지만 마지막 사람이 소스 없이 고기만 먹는 일이 안 생긴다.

냉동보존식
인생의 서러움은 적을수록 좋기 때문에

Q. 취사병의 주적은?

A. 식중독 네 이 녀석!

복무하던 부대 밑에 조그마한 지원부대가 있었다. 총인원이 오십 명 정도로, 취사병도 두 명밖에 없던 곳이다. 이곳에 식중독이 돌아서 많은 병사들이 병원에 실려 가는 일이 벌어졌는데 그중에는 취사병들도 포함되었다. 이 부대 말고도 인근 부대에 식중독에 걸린 병사들이 속출했고 1월이었기 때문에 노로바이러스라는 말이 돌았다. 하지만 우리 부대에는 환자가 없었기 때문에 깊게 생각하지는 않았다. 인생은 멀리서 보면 희극이라고, 남의 부대 일이라서 그런지 어떻게 그런 일이 벌어지냐며 시트콤 같단 생각만 했다.

그런데 이게 남의 일이 아니었다. 부대에 밥을

만드는 사람이 실려 나갔으니 부대원들의 식사를 챙길 사람이 새로 필요했다. 그래서 바로 위에 있던 우리 부대에 지원 요청이 들어왔고 당시 최선임이던 내가 파견을 나가게 됐다. 멀리서 봤을 땐 시트콤이었는데 가까이서 보니 다큐멘터리에 가까웠다. 식중독으로 부재한 취사병들을 대신해서 아픈 군인들의 식사를 책임져야 한다니. 파견은 전쟁과 같은 위급상황일 때 UDT와 같이 전황을 뒤집을 수 있는 특전사들이나 간다고 생각했었다. 그런데 위가 급한 상황에서 부침개를 뒤집을 수 있는 취사병인 내가 파견을 나가게 될 줄이야. 인생은 정말 알 수 없다는 걸 다시 한번 명심하며 부대 아래로 가는 군용트럭에 몸을 실었었다.

파견은 3일간 이뤄졌다. 처음 보는 부대에서 잠을 자고 일어나는 것이 낯설긴 했지만 어느 정도 계급이 높은 상태로 갔던지라 불편함은 없었다. 군인들은 모자에 붙여진 작대기의 개수에 따라서 생활의 안락함이 결정된다. 거기다 자기들 밥해주러 온 사람이란 걸 알기 때문에 다들 호의적이었다. 혼자서 밥을 한다는 것이 부담이긴 했지만 평소 준비하던 인원의 1/4 수준이라서 그런지 그렇게 어렵지도 않았다. 식당에 나가서 국솥에 물을 받으면서 밥을 안친다. 밥을 취사기에 돌리고 그때쯤 다 받아진 국솥에 불을 켜고 반찬 재료를 손질하기 시작한다. 불을 안 쓰는 무침류를 먼저 만들고, 국솥에 물이 끓으면 재료를 넣고 간을 본다. 국은 재료 넣고 간 보면 크게 신경 쓸 것이 없으니 이제 볶음이나 튀김 같은 중심 요리를 하면 50인분의 식사 준비가 끝난다. 같은 제육볶음이라도 200인분과 50인분은 삽질의 중량과 횟수가 다르다. 그동안 모래주머니를 달고 수련을 하다 처음 맨몸으로 대련을 한 무술인처럼 3일간은 정말 요리의 초고수가 된 듯한 느낌을 받으며 혼자 요리를 할 수 있었다. 그러다 원래 부대로 복귀를 하니 식당에 오는 병사들이 모래주머니처럼 느껴졌다. 왜 취사병이 되면 인원수가 적은 곳에 가라고 하는지를 깨달은 3일이었다.

취사병은 빠른 시간 내에 요리사가 되어야 하기에 맛있게 요리하는 것보다 건강하게 요리하는 것이 우선이라고 말했었다. 단 한 번의 실수로 수백 명이 병원에 실려 갈 수 있다. 취사병을 두

살짜쿵 군대요리

고 민간인스럽다고, 무슨 군인이냐고 비아냥거리는데, 사실상 모든 보직 중에서 가장 살상력이 높은 보직이지 않을까 한다. 그래서 다른 병사들이 북한을 주적이라고 배우고 경계할 때 취사병들은 식중독을 철천지원수로 여긴다.

부대에서 병사들에게 제공하는 모든 음식은 일주일간 보관을 한다. 이는 냉동보존식이라고 한다. 스테인리스로 된 은색 도시락통 안에 여섯 개의 조그만 원통이 있어서 밥, 국, 김치, 반찬 3종을 조금씩 담는다. 통 바깥에 당일 날짜와 조, 중, 석식을 표기하고 냉동보존식만을 보관하는 냉동실에 차곡차곡 담는다. 일주일이 지나면 폐기하고 또 새로운 음식을 담는다. 부대에 식중독 등이 돌았을 때 이 냉동보존식을 조사하여 음식에 어떤 문제가 있었는지 밝힌다. 다행히 파견 나갔던 부대의 식중독은 취사병이 원인이 아니었는지 취사병들이 영창*에 가는 일은 벌어지지 않았다.

이처럼 군대는 식중독 등 음식물의 오염을 방

---

* 군인들이 가는 감옥. 2020년 이후로 영창 제도는 폐지하였지만 필자가 군생활을 하던 2012년 때에는 식중독이 돌면 취사병이 영창에 간다는 말이 있었다.

지하기 위해서 많은 신경을 쓴다. 먼저 재료 간 교차 오염을 막기 위해서 칼과 도마는 식재료에 따라서 분리한다. 야채 칼은 손잡이가 초록색, 고기 칼은 빨간색이고, 기타 칼은 파란색이다. 도마 또한 색깔별로 있으며 냉동고기를 써는 대형도마가 따로 있다. 도마와 식칼 등 모든 식기류는 살균기에 보관을 하고 또 끓는 물로 주기적으로 소독을 한다. 대형 솥에 물을 끓인 후 바가지를 떠서 도마 위로 쫙쫙 뿌릴 때면 내가 관리하는 식당이 깨끗해진다는 쾌감이 든다. 군대를 다녀와서 개인적으로 뿌듯한 것 중 하나가 이 살균 소독이 습관화된 것이다. 자주는 아니더라도 가끔 물을 끓여서 식칼과 도마 등을 소독한다.

이러한 사항들은 상급부대에서 주기적으로 검열을 보내서 제대로 지켜지고 있는지 확인을 한다. 일반 병사들에게 유격과 같은 끔찍한 훈련 기간이 있다면 취사병들에게는 이 '검열'이 최악의 기간이다. 일종의 청소시간인데 이 행위를 청소라고 지칭하자니 너무나도 생략된 것들이 많아서 제대로 의미 전달을 할 수가 없다. 그냥 식당이

살짜쿵 군대요리

라는 공간 안에 있는 모든 것을 청소한다고 이해하면 된다. 식당 도면을 머릿속으로 상상해보자. 땅 위에 건물을 짓고 그 안에 여러 가구들이 배치될 것이다. 그 모든 걸 이제 하나하나 닦는 것이다. 여름이면 식중독 집중 단속 기간으로 검열이 신명나게 오고 취사병들은 제대로 쉬지를 못해서 폭삭 늙는다. 검열을 와서 군생활 힘들지 않냐, 괴롭히는 선임은 없냐고 묻는 검열관들이 있는데 검열관만큼 군생활을 괴롭게 만드는 것이 없다. 원래대로라면 아침과 점심, 점심과 저녁 사이에 생활관에서 한두 시간 정도 쉬다가 다음 끼니를 준비해야 하는데 검열기간에는 계속해서 취사장에 머물면서 끝나지 않는 청소를 한다. 산을 치우고 구덩이를 메우는 것이 군대라고 하지 않나, 검열 기간에 취사병들은 정말 말도 안 될 정도로 청소를 반복한다.

기름 솥은 검열 기간이면 악동이 된다. 기름때는 정말 닦이지 않는다. 그러나 검열 기간에는 이것을 가능하게 만들어야 한다. '어떻게?'는 통용되지 않는다. 그게 먹히는 곳이었으면 군대에 가면 산을 옮긴다는 말이 나오진 않았을 것이다. 수

세미로 안 되면 철수세미로, 세제로 안 되면 특수 약품을 쓴다. 이쯤 되면 기름때를 닦는 것이 아니라 솥의 표면을 긁어내서 새로운 표면이 드러나게 하는 것이다. 환풍기는 생각하지 못했던 복병이다. 우선 키에 닿지 않을 정도로 위에 있다. 그리고 튀김을 하면서 생긴 유증기가 올라가기 때문에 여기에도 기름때는 존재한다. 전역 후 과연 식당에서 기름 관리를 제대로 할까 싶어 집에서 튀김을 해 먹고 싶다가도 기름때가 생기는 것이 싫어서 그저 에어프라이어로 만족하기로 한다.

가장 끔찍한 건 역시 잔여음식물을 버리는 곳이다. 이것에 대해 상세한 서술을 할까 고민하였지만 마침 검열을 다루고 있으니 자세한 설명은 검열로 결정했다. 취사병은 비위가 좋아야 한다는 말이 있는데 그리 상관없다고 생각한다. 남들이 먹다 버린 음식물을, 그것도 뒤섞여 있는 것을 괜찮게 생각할 정도로 비위가 좋은 사람이 애초에 몇이나 될까. 취사병을 하다 보면 가정에서 나오는 음식물 쓰레기 정도는 하하호호 웃으면서 버릴 수 있을 정도로 비위가 좋아진다.

살짜쿵 군대요리

취사장은 200명의 3일 치 식량을 보관해야 하니 당연히 대용량 냉장고를 썼고 냉동실은 오래되면 벽면에 얼음이 언다. 이 얼음이 정말 꽝꽝 얼기 전에 주기적으로 제거해야 한다. 학교 교실 바닥에 껌을 뗄 때 쓰던 그 넓적한 스테인리스 주걱, 스텐 헤라나 스크래퍼라고 부르는 걸로 얼음을 제거하는데 냉장고 안에 들어가서 쪼그리고 앉아 어떻게든 팔을 구겨 넣어 얼음을 치다 보면, 춥고 힘들다. 그리고 춥고 힘든 시간이 길어지면 묘하게 서러워진다. 어떤 자세를 취해도 불편하고 이걸 다 깨야지 밖으로 나갈 수 있는데 얼음은 잘 안 깨지고 이러다 내 멘탈이 먼저 깨질 것 같다. 내가 냉동고 안에 재료인지, 재료가 나인지 헷갈리는 냉동인간의 경지가 찾아오기도 한다. 튀긴 후 기름 설거지를 제때 하지 않으면 나중에 더 골치가 아픈 것처럼 냉장고 얼음 또한 주기적으로 제거를 하는 것만이 가장 좋은 해답이다. 세상 많은 일들이 때를 놓쳐서 큰일이 되곤 한다. 손쉽게 감당할 수 있는 작은 일일 때 재빨리 행동을 해야지만 인생의 서러움이 줄어든다.

삼계탕

여름철 보양음식, 취사병의 먹방음식

Q. 역대 취사병 중 본인만의 특기가 있다는데?

A. 가장 잘 먹습니다.

　닭은 은혜로운 재료다. 비단 치느님뿐만이 아니라 닭볶음과 닭곰탕으로도 우리에게 은혜를 내려주시니 다채로운 변화를 통해서 식단을 풍족하게 만들어주신다. 부대에서 닭곰탕은 꽤나 자주 나오는 편이다. 닭곰탕의 닭고기는 절단이 되어 들어오기 때문에 취사병 입장에서는 준비하기도 쉽고 밥을 먹는 병사들의 만족도도 높은 편이라 가성비가 좋은 요리다. 단백질을 공급하는 다른 요리는 볶거나 튀겨야 하는데, 닭곰탕은 그저 냉동 닭을 대형 솥에 넣고 파, 마늘, 양파 등과 끓인 뒤 간을 맞추면 완성된다. 다만 닭곰탕용으로 들어오는 세절 닭은 퍽퍽한 가슴살이나 목같이 뼈만 있는 부위가 많아서 아쉽다. 이러한 아쉬움을 보완한 요리 중 부대원들의 사랑을 가장 많이 받은 요리가 삼계탕이다.

삼계탕은 주로 여름에 나오며 한 사람당 닭 한 마리 제공이라는 어머어마한 인심을 자랑한다. 삼계탕은 영계 안에 밥과 인삼 등이 다 들어가 있는 상태로 취사장에 들어오기 때문에 취사병은 이를 한꺼번에 끓여서 배식하면 되는지라 취사병이 편하게 요리하는 식단 중 하나다. 다만 준비가 편한 대신 다른 요리들과 다르게 배식이 힘들다. 닭 한 마리씩을 퍼서 줘야 하니 30분 넘게 배식하고 나면 팔에 취사근이 붙는 걸 느낄 수 있다.

삼계탕은 정말 인기가 좋아서 식사 당일에 전 부대원들이 들떠 있곤 했다. 보통 이렇게 인기 있는 메뉴들은 항상 부족하다. 원래대로라면 모든 반찬은 여유분이 들어오고 또 휴가인원의 몫이 남아야 한다. 하지만 맛난 반찬은 다들 국가가 생각한 1인분보다 많이 먹기 때문에 남을 수가 없다. 그러나 삼계탕은 다르다. 부대 인원수대로 들어오고, 인원수대로 배식이 되기 때문에 주문하는 보급병이 잘못하지 않는 이상, 이병부터 포대장에 이르기까지 부대에 있는 모든 병사들이 평등하게 닭 한 마리씩 먹을 수 있다.

하지만 어떠한 조직이든 꼭 평등의 아름다움을 흐리는 불순분자들이 존재한다. 내가 부대에 처음 배치된 게 7월인데 배치받고 얼마 되지 않아 삼계탕이 나왔다. 이날의 일기장을 다시 읽어보니 취사병임에도 이병이라서 삼계탕을 한 마리밖에 먹지 못해 아쉬웠다고 적혀 있다. 그 와중에 아침, 점심으로 식사 외에도 건빵을 두 봉지씩 먹었다고 하니 내 먹성은 정말 대단했다. 이 대단한 먹성을 이병이라 숨기고 있던 나는 그다음 해, 상병이 되어 한 끼에 닭을 세 마리나 먹었다. 남의 몫을 빼돌려 먹은 것은 아니다. 삼계탕도 당연히 여유분이 들어오고 휴가인원이 있으니 남기 마련이다. 다른 취사병들은 한 마리를 먹고 반 마리를 더 먹는 정도인데 나는 두 마리를 다 먹고 세 마리에 도전을 하니 다들 내 먹성에 감탄을 했다. 우리 부대에 꽤 오래 근무한 민간조리원이 있었는데 내가 삼계탕을 먹는 모습을 보며 당신이 근무하면서 본 군인 중에 가장 잘 먹는다는 평을 남겨주었다.

살짜쿵 군대요리

취사병들은 많이 먹는다는 말이 있다. 아무래도 본인의 의지만 있으면 마음껏 먹을 수 있는 부서에 속해 있으니 맞는 말이다. 통신병은 전화를 마음대로 쓸 수 있고, 행정병이면 컴퓨터를 마음대로 쓸 수 있을 것이다. 군대에서 전화와 컴퓨터를 마음대로 쓸 수 있다니, 아이고 부러워라. 반면에 취사병은 무제한으로 먹을 수 있다.

전역 후에도 연락하고 있는 맞맞선임은, 자기는 살면서 가장 체중이 많이 나갔을 때가 군대 있을 때라고 말하기도 했다. 당시를 떠올려보면 우리 부대에 있던 취사병들은 먹는 것이 너무 풍족해 오히려 다이어트를 하기 위해서 억지로 적게 먹으려고 노력했다. 그래도 나는 그냥 실컷 먹었다. 체구가 그렇게 큰 편도 아니다. 롱패딩을 살 때 남자모델이 아니라 여자모델을 봐야 할 정도로 겸손한 키를 가졌고 체중도 그리 많이 나가는 편은 아니라고 생각한다. 그런데 이 체구에 뭐 그리 들어가나 싶을 정도로 먹고 먹고 또 먹었다. 유튜브에 나오는 푸드파이터 정도는 아니지만 그래도 일반인들 사이에선 많이 먹는 편 아닐까. 계급

은 병장에 불과했지만 소령이었던 포대장보다도
잘 먹었다고 자부한다.

내가 많이 먹는 것은 DNA에 각인된 남다른
먹성 유전자 덕이라고 생각한다. 우리 집은 정말
잘 먹는데, 시집간 동생과 만나는 날이면 어머니,
나, 동생이 의기투합하여 며칠 전부터 어떻게 식
사코스를 구성할지 논의한다. 우리는 한 번의 식
사에 육류와 어류 등 다양한 메인 메뉴가 존재해
야 하며, 식사를 하면서 동시에 후식으로 무엇을
먹을까 논의하고, 후식 또한 1차와 2차, 가능하면
3차까지 있어야 한다. 보통 아버지는 우리의 식사
에 끝까지 함께하지 못하고 후식에는 빠질 때가
많다. 나와 동생은 어머니의 먹성 유전자를 물려
받았음이 틀림없고, 아버지의 유전자는 이를 희
석하지 못했으니 소식 유전자보다는 대식 유전자
가 우성임이 틀림없다.

우리 남매는 참 먹성이 좋고 어렸을 때부터
먹는 것으로 잘 다퉜다. 둘 다 먹는 걸 좋아했지만
동생은 나와 몇 가지 차이가 있다. 동생은 폭넓게
음식을 좋아한다. 한식, 중식, 양식은 기본이고 내

살짜쿵 군대요리

가 알지도 못하는 국가의 한 번도 보지 못한 메뉴가 나오는 식당으로 어머니를 이끈다. 본인도 요리를 잘해서 취미로 시작한 요리 인스타로 인플루언서가 되었을 정도다. 반면에 나는 뭐 하러 굳이 비싼 음식을 먹어야 하나, 값싼 음식으로 배만 채우면 된다는 식이다. 동생이 국화 모양의 예쁜 디저트를 만들어 사진을 찍을 때, 취사병 출신은 그저 속도와 양이라면서 제육볶음을 대충 빠르게 볶는다. 가짓수 다양하고 고급지게 먹는 동생은 또한 배가 부르면 먹던 음식을 딱 멈추는 편이지만 값싸게 배를 채우기만 하는 나는 식탁 위에 올라온 건 책임감을 가지고 다 먹어치워야 한다. 식성을 넘어 의무감을 느끼는 식사 모습에 동생은 극혐을 표현하곤 한다.

'먹어치운다'는 단어는 내 식사에 어울리는 합성어다. 요리하는 사람들의 특징인데, 음식이 남는 것을 참을 수가 없다. 내 경우 취사병이 되기 전부터 가지고 있던 성향이긴 하지만 어쩌다 보니 취사병을 경험하고 그 뒤로는 요리를 하기 때문에 음식에 책임감이 생겼다고 말할 수 있게 되었다. 책을 낸 작가들이 '원래 작가들은 술을 좋아해'라고 술 마시는 걸 포장할 수 있듯이 요리는 남김없이 먹는 내 먹성을 '원래 요리하는 사람들은 음식 못 버려'라고 포장할 수 있게 해주었다. 그리 예쁘지는 않지만 그래도 얼기설기 포장은 해놨으니 내 인생은 꼭 멀리서 봐주길 바란다.

구내식당
타고난 취사병 체질

Q. 취사병 하셨으면 입맛이 까다로우시겠어요?

A. 잘못들었습니다?!

먹는 이야기가 나온 김에 조금 더 해보자면 나는 많이 먹지만 미식가는 아니다. 줄 서서 음식을 기다릴 바에는 옆집에 들어가고, 굳이 맛있는 걸 찾아다니지도 않는다. 그런데 나는 맛집 블로거로 지금까지 500곳이 넘는 식당에서 협찬을 받아 포스팅을 올리고 있다. 나의 저렴한 입맛을 아는 친구들은 네가 뭔 맛을 알아서 맛집 블로거를 하냐고 묻곤 하는데, 나는 미식가가 아니기 때문에 맛집 블로거를 할 수 있다고 대답한다.

생각해보자. 맛은 주관적이다. 결국 어떻게 느끼는지는 사람마다 다르다. 사람들이 인터넷으로 검색해서 알고자 하는 건 다른 사람의 주관적인 평가보다 이 식당의 분위기, 메뉴, 가격 등 객관적으로 확인할 수 있는 정보라고 생각한다. 그리고 그런 의미에서 나는 정말 필요한 정보만 딱딱 정리해서 올려준다. 맛집 블로거를 위해서 필요한 건 미식 능력이 아니라 얼마나 사진을 잘 찍는지, 그리고 얼마나 상세히 글을 쓰는지, 무엇이 필요한지 정보를 정리하는 능력이다. 나는 어떠한 문제가 벌어져서 궁금한 것이 생기면 그걸 하나하나 다 조사하고, 그렇게 조사한 걸 정리해야 성이 풀리는 사람이다. 거기에 사진을 찍는 취미가 있고 글쓰기를 업으로 하고 있으니 블로그에 최적화된 사람이다. 게다가 블로그를 위해서 가장 중요한 건 꾸준한 포스팅이다. 주제에 따라 성격이 다르지만, 대체로 영향력 있는 블로거들은 짧은 주기로 포스팅을 올리는 경우가 많다. 만약 깐깐한 미식가였다면 거르는 식당도 많을 것이고 한 편의 글을 쓸 때 시간도 오래 걸릴 것이다. 그렇지만 나는 음식을 가리지 않고 먹으면서 먹은 음식에 대체로 만족하며 나가는 사람이다. 그러니 주기적으로 꾸준하게 맛집 포스팅이 가능한 것이다.

나는 정말 거짓말 없이 군생활을 하면서 너무나도 잘 먹었다. 삼시 세끼 딱딱 영양 맞춰 나오고, 메뉴는 계속 달라지고, 취사병이었기에 또 양껏 먹을 수도 있었다. 이처럼 나의 저렴한 입맛은 짬밥의 만족도를 높였으니 기대치가 낮으면 세상이 아름다운 법이다. 전역 후에도 나는 짬밥과 같은 급식을 선호하고 있다. 회사를 선택할 때 중요한 점으로 업무 만족도, 월급, 집에서부터 거리, 그리고 구내식당의 유무를 뽑을 정도다.

　나의 구내식당 사랑에는 몇 가지 일화가 있다. 신사동에서 일한 적이 있는데 점심은 두 가지 선택권이 있었다. 첫 번째는 지하 1층 구내식당에서 저렴하게 식사를 하는 것, 그리고 두 번째는 주변 맛집들을 다니는 것이다. 회사 근처가 바로 가로수길로 주변에 맛집이 많았다. 심지어 회사에서 가로수길 맛집들과 제휴를 맺고 매달 쓸 수 있는 점심 쿠폰을 지원을 해주기도 했다. 그래서 다른 직원들은 대부분 후자를 택했다. 그러나 나는 구내식당이 가로수길 맛집들보다 훨씬 더 좋았다. 밥과 국, 거기에 매일 바뀌는 반찬이라니. 고기반찬이 나오는 날이면 그날은 밥을 두 번 먹는 날이 었다.

팀장님이 날 보면서 어떻게 구내식당을 더 좋 아하냐며 군대 체질이라고 하셨는데, 정확히는 단체급식 체질인 것이다. 무엇을 먹을지 고르지 않아도 되고, 반찬이 매일 바뀌고, 영양가 있고, 자율배식으로 마음껏 먹을 수도 있다. 급식의 이 런 규칙적임과 자율성은 사랑받아야 마땅하다. 여태 이직을 적지 않게 한 편인데 구내식당이 있 던 곳들은 항상 기억에 남고 그립다. 1년 동안 경 기도청 북부청사 행정도서관에서 근무를 했었는 데, 퇴사하는 날 구내식당에 따로 인사를 드렸었 다. 취사병을 했기 때문에 알지만 구내식당이 맛 있기 위해서는 식수인원이 많아야 한다. 주기적 으로 식사하는 인원이 많아야지만 대량으로 식재 료를 저렴하게 구매할 수 있기 때문에 비용 대비 질이 괜찮아진다. 그래서 근무했던 곳 중 가장 식 수인원이 많았던* 경기도청의 식사가 가장 맛있 었다. 지금은 대학교 교직원으로 일하고 있는데

---

*   당시 식당 테이블 수를 토대로 계산을 했었는데 4~500명 정 도로 기억한다.

               살짜쿵 군대요리

다른 대학교로 출장을 갈 때면 그 학교 학식 맛을 기대하며 설렌다.

내가 유독 구내식당을 좋아하는 단순한 입맛의 대식가지만 나뿐만 아니라 대체로 남자들은 여자들에 비해서 입맛이 까다롭지 않다. 남자들은 제육과 돈까스만 있으면 1년 내내 버틸 수 있다고 한다. 그 이유가 남자들은 2년 동안 제육과 돈까스만 못한 식사에 익숙해져서라고 생각하면 취사병으로서 너무 가슴이 아프다. 남자들은 또여자들보다 확연히 빠르게 먹는다. 이것을 두고군대에서 빠르게 먹는 버릇이 들어서라는 말이있다. 식사는 부서별로 들어오는데 당연히 이 순서는 짬순이다. 최고참이 제일 먼저 밥을 받고 식사를 하고 막내가 가장 마지막에 밥을 받는데, 막내가 감히 느리게 먹어서 식사를 마친 선임을 기다리게 할 수 있을까. 막내들은 밥을 먹는 것이 아니라 마신다. 어느 정도 짬이 차도 식사시간에 여유를 갖지 못할 수도 있다. 취사병이 꿀맛 같은 음식을 만들지 못해서인지, 부대에 있으면 꿀맛 같은 밥보다 꿀맛 같은 휴식 시간이 더 행복하게 느

껴질 때도 있다. 언제 어디서 터질지 모르는 비상
상황 때문에 군인들이 긴박하게 밥을 먹는다고
말하면 너무 군대를 과장하는 것처럼 들리지만,
한 달에 두세 번 정도는 식사 중 전투준비태세*를
알리는 사이렌이 울려서 먹던 식판을 그대로 두
고 바로 뛰쳐나가는 병사들을 보곤 했다. 군인들
은 식사도 전투적으로 먹어야 한다. 아무래도 사
회인들보다는 덜 따지면서 먹게 된다.

---

*   실전 상황을 대비하여 짧은 시간 안에 전투 준비를 맞춰 각자
맡은 자리로 이동, Fast Pace라고 부르기도 한다.

치킨
어찌해야 닭이 부드러워집니까

Q. 가장 열심히 공들였던 요리는?

A. 퇴직 후를 생각하며 치킨을 연구했습니다.

    우리나라 사람들의 치킨 사랑은 대단하다. 문과든 이과든 어차피 은퇴하면 치킨집이라는 말이 있으며, 우리나라의 치킨집 개수는 전 세계의 맥도날드 체인점과 비교될 정도라고 한다. 통계자료를 찾아보니 2013년까진 국내 치킨 전문점이 더 많았으나 2018년부터 맥도날드가 추월한 것으로 보인다. 확실한 거 이 좁은 땅덩어리에 있는 치킨점이 전 세계 맥도날드 체인점과 엇비슷하다는 점이다. 예전에는 불고기, 김치가 해외에 소개되는 K-Food였는데, 지금은 감자핫도그, 치킨이 외국인들이 한국에 방문했을 때 꼭 먹어야 하는 한국음식이 되었다. 그래서 그런가 치킨이란 메뉴를 대할 때는 다른 반찬을 만들 때와 다르게 좀 더 마음이 경건해진다. 어쩌면 지금 배워두는 이 기술이 30년 뒤에 밥벌이가 될 수도 있지 않을까 라는 불안감이 담겨서가 아닐까.

그러나 군대 치킨은 맛이 없다. 책을 2/3 정도 전개하였는데 계속 군대요리는 맛이 없다는 서술만 하고 있으니 도대체 군대에선 무엇이 맛있었나 싶다. 군인들이 쉬지 않고 훈련을 하니까 그나마 밥을 맛있게 먹었던 것이 아닐까라는 생각마저 들 정도다. 변명하자면 우선 생닭이 아니라 냉동 닭이 들어와 식감을 부드럽게 하기가 어렵다. 두 번째로 식중독의 위험이 있기 때문에 냉동 닭을 해동해서 바로 튀기는 것이 아니라 한 번 삶은 다음에 튀긴다. 삶은 닭은 취사병이 아니라 취사병 할아버지가 오셔도 바삭하게 튀기기 어려울 것이다.

살다 보면 가끔 아무것도 아닌데 본인 일이 되면 무한한 책임감을 느끼며 잘해야 한다는 욕심을 부리는 사람들을 마주하게 된다. 내가 주로 그런 편이라서 쓸데없이 일을 벌인다는 평을 받곤 한다. 그런데 군대에서 만난 맞선임은 나보다 더한 사람이었다. 피곤한 사람과 더 피곤한 사람 둘이 만나 피곤한 일을 많이 만들었다. 치킨도 그 중 하나다. 나와 맞선임은 어떻게 하면 맛난 요리를 할 수 있을까 종종 궁리하곤 했다. 요리가 맛있게 나오면 뿌듯하기도 하고 병사들이 식당을 나가면서 오늘 밥이 맛있었다고 하면 자부심을 느꼈다. 전자보다 후자를 더 좋아했다는 점에서 우리는 칭찬에 굶주린 관종이었다. 그리고 이 관종들에게 치킨은 너무나도 매력적이었다. 무려 치킨이다. 모든 사람들이 좋아하는 치킨. 이 치킨을 잘 튀긴다면 부대 안에서 엄청난 호응을 얻을 것이다. 그래서 우리는 튀길 때 두 번 나눠서 하기(튀김옷이 좀 더 바삭해진다), 카레가루 넣기(미묘하게 더 간이 맞는다), 밀가루와 감자전분 비율 조정하기(바삭힘을 위해서지만 색에도 영향을 미친다) 등 다양한 시도를 했다.

하지만 삶은 닭은 무엇을 해도 맛있게 만들기 힘들었다. 칭찬에 굶주린, 아니, 병사들에게 맛난 음식을 먹이고 싶었던 우리는 결국 극단의 방법을 추구한다. 마치 힘에 굶주린 마법사가 정통

마법에서 벗어나 흑마법을 추구하듯 우리도 정도를 벗어났다. 닭을 삶지 않고 해동한 뒤 바로 튀긴 것이다. 그러자 확실히 더 바삭해지고 맛있어졌다. 노릇하게 튀겨진 치킨은 후라이드로 나갈 때도 있고 양념과 나갈 때도 있다. 양념은 기성제품으로, 매콤함보다는 달콤함이 더 강한 진득한 물엿 같은 양념이다. 이 양념과 치킨을 같이 버무리면 따뜻한 양념치킨이 되겠지만 대형 솥에는 이미 기름이 차 있기 때문에 배식하는 대야 안에서 묻히거나, 양념을 따로 내곤 했다.

이렇게 몇 번 닭을 생으로 튀기긴 했으나 이 방법은 오래가지 못했다. 혹시라도 제대로 익지 않은 부위가 나올까 무서웠던 나는 최선임이 되자 다시 닭을 삶은 다음에 튀기는 방법으로 바꾸었다. 고스톱을 치다 보면 극단의 안전을 추구해서 스톱만 하는 사람들이 있다. 게임의 재미를 모른다며 주변에서 핀잔을 받고 게임하는 본인도 리스크를 짊어지지 않으려 하니 큰돈을 따지는 못한다. 하지만 이들은 게임에서 크게 잃지도 않는다. 극단적으로 안정추구형이었던 나는 바삭하고 부드러운 치킨은 만들지 못하였으나 복무하는 동안 아무 탈 없이 200명의 식사를 담당할 수 있었다고 스스로 위로해본다.

MSG
하얀 가루를 두고 벌이는 작은 전쟁

Q. 군대에서 후회하는 일이 있다면?

A. 맛없는 밥을 먹여서... 미안하다!!!

군대도 회사처럼 최선임(팀장)이 누구냐에 따라서 부서(팀)의 분위기와 방향이 변한다. 취사장의 경우 최선임에 따라서 쏘야의 케첩을 따로 낼 것인가 묻힐 것인가 정도의 차이가 발생한다고 말했었다. 사실 취사병이 메뉴를 짜는 것도 아니고, 최선임이 바뀌었다고 해서 하루아침에 소고기 메뉴가 닭고기 메뉴로 바뀐다든지 등의 큰 변화가 생기지는 않는다. 최선임의 교체로 느껴지는 가장 큰 차이는 MSG의 사용 유무라고 생각한다.

군부대 보급품 중에는 '다시*'나 '미*' 같은 MSG가 있다. MSG(Mono-Sodium Glutamate)는 최

초로 대량생산된 조미료로, 글루탐산에 나트륨 이온이 하나 붙은 형태라고 한다. 글루탐산이 무엇인지, 나트륨 이온이 무엇인지, 대체 이것들이 어떻게 음식을 맛있어지게 하는지 원리는 제대로 이해할 수 없지만 이 하얀 가루를 넣으면 음식의 감칠맛이 높아진다는 것은 정확히 알고 있다.

MSG는 취사병의 든든한 지원군으로, 이 하얀 가루만 있으면 요리의 맛이 몇 단계는 올라간다. 과장이 아니다. 감칠맛이란 단어가 어떻게 탄생했는지만 봐도 그렇다. 일본의 이케다 기쿠나에 교수가 MSG를 연구하면서 아미노산의 일종인 글루탐산의 맛을 표현하기 위해 맛있다(うまい)와 맛(味)을 조합하여 '맛있는 맛(うま味)'이라는 신조어를 만들었고 이것이 한국에서 감칠맛으로 번역되었다. 감칠맛은 '감치다'에서 왔는데 '음식 맛이 맛깔스러워 당기다', '어떤 사람이나 일, 느낌 따위가 눈앞이나 마음속에서 사라지지 않고 계속 감돌다'라는 뜻이 있다. 감칠맛은 사람이 가지고 있는 네 가지 기본 맛이라는 단맛, 쓴맛, 신맛, 짠맛에 이어서 다섯 번째 맛으로 표현하기도 하는데

이미 이름부터가 다른 네 가지 맛의 기를 팍 죽이고 있다. '맛있는 맛'이라니! 다른 맛은 표현에 따라서 해석이 달라질 수 있다. 예를 들어 매운맛의 떡볶이는 맛있게 매울 수도 있지만 혓바닥이 고통스럽게 매울 수도 있다. 그런데 감칠맛은 어떻게 설명해도 결국 맛있을 수밖에 없지 않나. 모든 걸 다 가진 미각계의 엄친아 같은 존재가 바로 감칠맛이다.

　입맛계의 생태계 교란종 같은 이 녀석에 대해 취사장 서열 1~3위는 사용을 적극 권장했었고 막내인 나와 맞선임은 원치 않았었다. MSG 반대론자라고 말하면 항상 듣는 말이 MSG는 건강에 나쁘지 않다는 말이다. 당연하지만 취사병들은 이론 시간에 감칠맛의 원리부터 MSG가 건강에 무해하다는 것 등을 다 배운다. MSG가 건강에 나쁘다는 주장은 미디어가 만든 편견이라는 점 또한 잘 알고 있다. 더욱이 군대에서 보급품을 허투루 관리하지 않는다. 이것이 건강에 좋지 않다면 애초에 모든 부대로 배급이 되지도 않았을 것이다.
　나와 맞선임이 MSG를 사용하지 않은 이유는

건강이 아니라 맛에 영향을 주기 때문이었다. 맛 있게 해주는 마법의 가루라면서 맛에 영향을 주 기 때문에 사용을 안 했다니, 이해가 쉽게 되지 않 을 수 있다. 이를 위해선 나와 맞선임의 요리 철학 을 이해해야 한다. 대체로 세상에 이해되지 않은 일들을 벌인 사람들을 취조해보면 본인만의 삐뚤 어진 사상을 철학이란 이름으로 포장해서 변명하 는 경우가 많다. 자칫 잘못하다간 이 철학에 설득 당할 수 있으니 정신을 바짝 차리고 다음 문단으 로 넘어가자.

나와 맞선임은 요리에 대해 자부심이 있었 다.* 요리 실력은 이병 수준이었지만 근거 없는 자부심만은 별이 다섯 개였다. 요리를 맛있게 하 려는 사람들이니 맛의 치트키를 쓰고자 하는 욕 망도 있었다. 그러나 우리가 봤을 때 조미료는 재 료 본연의 맛을 덮는 양날의 검이었다. 시중 음식 들은 맛있지만 어디를 가도 비슷비슷한 맛이 난 다. 이것은 MSG의 맛이다. 이것이 음식의 맛을 상향시키긴 하지만 각각의 개성을 살리는 업그레

---

* 지금 이 글을 읽고 있는 독자 중에 덕정포대에서 복무하며 내 가 만든 밥을 먹은 사람이 없어야 할 텐데!

이드가 아니라 상향 '평준화'를 시키기 때문에 요리의 개성이 사라진다. 단기적으로 식사가 맛있어질지는 모르나 재료 특성이 살아나지 않으며, 요리사들의 독창성도 죽인다. 거기다 고추장, 간장, 된장 등의 양념을 적절하게 사용하는 법을 익혀야 좋은 요리사가 될 텐데, 소고기를 쓰지 않아도 소고기 맛이 나게 하는 마법의 가루에 의존하면 요리 실력이 오르지 않을 거란 생각도 있었다. 그 와중에 MSG가 아닌 버섯, 새우, 마늘 등의 천연 MSG는 적극 사용했으니 아무리 생각해도 우리의 철학은 앞에 개똥이란 단어를 붙여도 개똥에게 부끄럽지 않겠다.

MSG 사용금지는 전역 후 많이 반성하는 부분이다. 저런 철학은 요리의 일류라서 MSG가 없어도 맛을 내는 세프가 가져야 한다. 혹은 자기가 먹을 집요리를 하는 개인이면 상관이 없다. 나는 지금도 MSG 사용을 꺼린다. MSG는 물론이고 거의 모든 간을 심심하게 해서 먹는 편이다. 이것은 어디까지나 개인의 취향이고 선택이니 존중받을 수 있다. 그러나 이십 대 초반, 억지로 군대에 끌려와서 2년간 근무하는 200명 청년들의 밥을 책임지는 사람이라면 MSG가 아니라, MSG 할아버지를 써서라도 밥을 맛있게 했어야 했다. 국가도 허락한 마법의 가루인데 병장 나부랭이가 반대를 하여 많은 병사들이 MSG의 맛을 누리지 못했다. 이 지면을 빌려 같이 근무했던 병사들에게 죄송하단 말을 남긴다.

비빔밥
사랑받는 한식, 몸에 좋은 건강식

Q. 비빔밥이 좋은 이유는?

A. 나물이 맛있어집니다!

　군대에 와서 처음 먹어본 음식이 있다. 바로 톳비빔밥이다. 톳이란 재료는 그리 흔하게 보이는 재료는 아니다. 해조류에 관심이 많거나, TV에서 요리법을 다루지 않는 이상 집에서 톳을 재료로 한 음식이 쉽게 나오진 않을 것이다. 제주도에 여행 갔을 때를 제외하곤 톳을 활용하는 식당을 본 적 또한 없다. 다소 낯선 재료지만 톳은 칼슘, 요오드, 철 등 영양가가 풍부한 건강식이다. 그리고 대체로 건강식은 맛이 없다. 그래서 나는 당연히 톳이 몸에 좋은 만큼 맛이 없는 음식이라고 생각했다. 훗날 제주도에서 먹은 톳비빔밥의 맛은 정말이지 충격적이었다. 톳을 그냥 넣지 않고 한 번 튀겨 비법수제소스와 갖은 재료를 넣어 나오니 정말 맛있었다. 이렇게나 맛있는 음식을 군대에서 그렇게 먹었었다니. 나름 군대요리에 대한 자부심이 있었는데 그 자부심이 와장창 깨지는 순간이었다.

사회에서 먹는 톳비빔밥은 갖은 재료로 맛과 향을 더했지만 군대 톳비빔밥은 정말 정직했다. 톳이 있고 밥이 있다. 그리고 비볐으니 톳비빔밥인 것이다. 거기에 고추장과 참기름이 제공되니 밍숭맹숭한 맛을 시중판매 양념 맛으로 가려서 대체 이것이 무슨 음식인가 싶었던 것이다. 그래서 군대에서 나오는 비빔밥은 대체로 만들기가 쉽다. 어느 정도 칼질과 불 사용에 익숙해진 취사병이라면 할 수 있는 음식이다. 톳비빔밥과 유사하게 콩나물비빔밥이 있다. 간장과 콩나물, 그리고 밥을 볶아서 만드는 콩나물비빔밥은 병사들에겐 다소 심심한 메뉴였던지라 미안하지만 취사병들에겐 손쉬운 메뉴다. 보통은 원형이 있고 그 앞에 무언가가 붙으면 더 나은, 이른바 프리미엄 버전이 된다. 처음에 토스트를 만들고 그 뒤에 치즈토스트, 불고기토스트 등으로 업그레이드되는 것처럼 말이다. 하지만 군대 비빔밥은 그 반대로 앞에 뭐가 붙으면 뭘 이런 걸 비볐을까 하는 생각이 먼저 들고, 아무것도 붙지 않은 순 비빔밥이 가장 맛있다.

사랑받는 한식 중 하나인 비빔밥은 군대에서도 꽤나 인기가 많은 편이다. 들어가는 재료가 여러 가지라 손이 많이 가는 편이지만 평소보다 쌀소비도 잘되고 준비한 반찬들도 남김없이 나가기 때문에 취사병의 만족도도 높았다. 콩나물과 고사리는 한 번 삶고, 당근와 양파, 무는 채썬 뒤 볶는다. 고추장과 참기름은 여유가 있으면 식탁마다 배치해서 먹고 싶은 만큼 먹게 하였고, 간혹 보급양이 부족하면 배식을 하기도 했다. 비빔밥은 나물이 많아서 건강식을 먹는다는 위로를 준다. 나는 일주일 식단 중 고기를 5회 이상 섭취하는 심각한 고기파 인간이다. 나이 앞자리가 3이 되면서 건강을 염려해서 나물류로 균형을 맞추려고 하는데 이게 쉽지가 않다. 그런 나에게 나물을 많이 섭취하게 하는 메뉴가 바로 비빔밥이다. 그나마 비빔밥과 샤브샤브가 있었기에 건강검진에서 큰 문제가 나오지 않는다고 생각한다.

살짜쿵 군대요리

군대 비밤밥은 고기 고명이 아쉽고 계란프라이가 간절하다. 일반 병사들과 취사병 사이에 가장 흔한 갈등이 계란프라이다. 군대리아, 비빔밥이 나올 때면 계란프라이에 대한 요구가 빗발친다. 하지만 200명을 대상으로 식사 준비를 하는 취사병 입장에선 난감하다. 고기 30kg는 한 번에 볶아서 준비된 시간에 식사 준비를 마칠 수 있지만, 계란프라이 200개는 준비하는 데 너무나도 많은 시간이 걸리기 때문이다. 실제로 병사들 민원에 몇 번 계란프라이를 시도한 적이 있었는데 취사병 네 명 중 한 명은 계속 계란만 붙잡고 있었다. 대형 철판이라도 있었으면 조금 편했을 테지만 철판 없이 시도하니 속도가 더딜 수밖에 없었다. 간혹 식당들 중에 버너와 프라이팬, 계란을 가게 한쪽에 두고 손님들이 직접 계란프라이를 만들어 먹을 수 있게 하는 곳이 있다. 그만큼 계란프라이는 누가 해도 비교적 손쉽게 할 수 있는 요리다. 식수인원 50명당 버너 한 개, 프라이팬을 구비해서 식당에 비치한다면, 군대에서도 보다 편하게 계란프라이를 먹을 수 있지 않을까 생각해본다.

PX
넌 취사병에게 모욕감을 줬어

Q. 취사장에게 라이벌이 있다는 소문을 들었습니다.

A. PX... 너만 없었어도...

군대 치킨이 맛이 없기 때문인지, 전역한 사람들은 군대 치킨이라고 하면 취사장의 치킨이 아니라 PX*(Post eXchange)의 슈넬치킨을 떠올리곤 한다. 슈넬치킨은 비닐봉지로 포장되어 있고 전자레인지로 간편하게 돌려 먹을 수 있는 냉동제품이다. 군대에서 한 해에 10억 원어치가 팔린 적이 있을 정도로 인기 식품이다. 추억의 맛이라며 GS25에서 2021년에 판매하기도 했었다. 그렇지만 나에겐 슈넬치킨에 대한 추억이 딱히 없다. 나는 우리 포대 내에서 포대장 다음으로 잘 먹던 사

---

*   공군은 BX(Base eXchange)라고 불렸지만 편의상 육군 용어인 PX로 지칭한다.

람이다. 운전병이 세 걸음 이상은 걷지 않고 차를 타는 것처럼 취사병은 전자레인지에 돌려 먹는 음식 따위 취급하지 않는다.

PX는 군대 내에서 식품이나 일용품을 파는 매점이다. 충성마트 등으로 이름이 붙여져 있고 면세된 가격으로 팔기에 가격이 저렴하다. 휴가를 나가기 전에 이곳에서 선물을 사 가는 군인들도 있다. 부대가 크면 PX 물품도 다양해서 면세화장품과 면세주류가 있곤 했다. 하지만 나는 조그만 포대에서 복무를 했기 때문에 PX에서 많은 물건을 사진 않았다. 입대했을 때 동생이 고3이어서 홍삼을 사 갔었고, 부모님 화장품을 샀던 기억만 난다.

군인들의 간식으로 초코파이를 떠올리던 옛시절이 있었다. 첫 장에서 말했지만 내가 들어갔을 때는 몽쉘이 대세였다. 훈련소에 있으면 정말 세상 모든 것이 다 맛있게 느껴진다. 하루하루가 지쳐 잠이 들 정도로 고된 훈련을 받는 데 비해 스트레스 풀 곳은 없고, 음식은 오로지 짬밥만 먹어야 한다. 훈련소에 있을 때 먹을 수 있는 간식류는 오로지 약국에서 살 수 있는 비타민C밖에 없다. 훈련병일 때 생일을 맞으면 동기들이 비타민을 나눠주고 그 비타민에 감동하는 훈훈한 모습을 볼 수 있다. 그렇게 미각으로 느끼는 감동의 기준치가 낮아졌을 훈련소 때야 초코파이, 몽셸 등이 맛있는 것이다. 자대에 배치받은 뒤로는 PX도 다닐 수 있으니 그때부터 몽셸에 대한 경외감이 작아진다.

취사장은 군대라는 사회를 독점하고 있는 식당이다. 배식 양과 메뉴를 일방적으로 정하고 요리의 퀄리티가 낮아도 손님은 울며 겨자 먹기로 이곳을 와야만 한다. 이런 상황에서 PX는 취사장의 유일한 경쟁상대다. 맛이 없는 메뉴가 나오는 날이면 PX에서 냉동이나 사 먹겠다고 이탈을 하는 병사들이 나온다. PX에서 판매하는 상품은 크게 먹을 수 있는 것과 없는 것으로 나눠지고, 다시 먹을 수 있는 것은 바로 먹을 수 있는 과자류와 전자레인지에 돌려 먹는 냉동음식으로 나눠진다. 군대는 계급사회라서 부대별로 냉동은 상병부터 먹을 수 있다는 식의 제한이 있기도 했다. 과자와

살짜쿵 군대요리

냉동의 가장 큰 차이는 아무래도 간식으로 끝나느냐, 식사까지 대체 가능하냐 아닐까 싶다. 이는 철저하게 취사병의 관점에서 말해본 것이다. 식당에 냉동을 가져와서 밥만 퍼서 먹거나 혹은 맛다시라고 하여 밥과 비벼 먹는 볶음 고추장을 사와서 먹는 병사들이 있다. 음식을 하는 입장에서 기분이 참담하다. 1시간 동안 땀 흘려서 열심히 만든 밥이 PX에서 사 온 제품한테 밀리다니. 이러려고 취사병이 되었나 자괴감도 든다. 하지만 곰곰이 생각해보자. 맛다시는 공장에서 나온다. 공장에서 기계를 운영하기 위해선 수십, 수백 명의 사람들이 모여서 회사를 만들어야 한다. 겨우 취사병 다섯 명이 한 시간가량 만든 요리로 맛다시와 승부를 보려고 한 것이 잘못 아니었을까. 자괴감이 들지 않기 위해서 이렇게라도 합리화를 해본다.

취사병에게 PX는 고까운 경쟁상대지만 일반 병사들에게 PX는 군대 음식으로 무뎌진 혀에 잊고 있던 감각을 되살려주는 혁명 같은 제품을 제공하는 구원처다. 특히나 계급이 낮아서 감히 냉동을 먹지 못하는 일, 이병의 경우 언젠가 도달하고 싶은 마법의 성과 같은 장소일 것이다. 취사장이 영양소를 고려한 규칙적인 식단을 통해 건강을 제공한다면 PX는 획일화되고 통제된 삶에서 한줄기 낙을 준다. 취사장과 PX는 어쩌면 라이벌이 아니라 상부상조의 기관일지도 모른다.

살짜쿵 군대요리

$\boxed{4장}$

병장:
최선임은 국자만 든다

부대찌개

병사들의 포만감을 지켜주는 마지막 보루

Q. 의정부 사람들은 부대찌개를 잘 끓이나요?

A. 부산 사람은 어묵 잘 만드나요? 제주도 사람은 귤을
잘 따고요? 대구 사람은 곱창을...

이제 국물요리의 세계로 왔다. 군대요리의 세
계로 떠난 이 요리의 여정이 끝나가는 것이 보인
다. 취사장에서 국물요리는 최선임이 담당했다.
가장 어려워서라기보다 가장 만만하고 쉬워서 그
런 것 같다. 물을 받아서 끓이고 손질한 재료를 넣
고 긴을 맞추면 된다. 어차피 재료 손질도 막내가
하고, 물을 받아놓고 끓이는 것도 막내가 하기 때
문에 최선임은 다 된 요리에 간만 맞추면 된다.

대형 삽이 일의 상징이라면 국자는 이제 모든
걸 다 누릴 수 있는 권력의 상징이다. 디즈니에 나
오는 마녀들만 봐도 엄청나게 큰 솥을 삽이 아닌

국자로 휘젓는다. 취사병의 시각으로 봤을 때 저렇게 큰 솥을 국자로 젓는다는 건 말이 안 된다. 안이 다 들러붙기 마련이다. 마법의 재료를 섞는 섬세한 과정인데 그렇게 대충 한다는 건 말이 안 된다. 카메라가 돌아갈 땐 견습마녀들을 시켜서 대형 삽으로 젓게 한 다음 자기는 중간중간 국자로 간만 맞춘다고 합리적으로 의심해본다. 다 마법의 권력을 가졌기 때문에 가능한 일이다.

국물요리는 사람에 따라서 건더기만 건져서 반찬처럼 먹기도, 밥과 밥 사이에 국물만 떠서 목을 축이기도, 혹은 밥과 말아서 먹기도 한다. 뜨끈뜨끈함을 애정하는 사람은 좋아하고 과잉 염분 섭취의 주범이라며 멀리하는 사람도 있다. 국과 탕, 찌개의 차이를 찾아보니 국물의 양으로 분류를 하고 있었다. 국, 탕, 찌개 순으로 국물의 양이 줄어들며 찌개는 반찬으로 분류하기도 한다. 이 글에서는 모든 국물요리를 편의상 국으로 지칭하기로 하자.

나는 설렁탕이나 순댓국을 제외하면 모든 국에서 건더기만 먹는 편이다. 하지만 급식에 나오는 국은 반찬 사정에 따라 다르다. 반찬이 풍족하면 국물은 거들떠보지도 않지만, 반찬이 부족한데 배가 많이 고픈 날에는 국물에 말아서 꾸역꾸역 밥을 먹는다. 원래 많이 먹기도 하는 편이었고 부대에 있으면 이상하게 종일 배가 고프다. 군대에서 국이란 어떻게든 배고프지는 않게 만들어주는 마지막 보루 같은 존재였다. 우리는 하는 일이 엉망일 때 '말아먹다'라는 표현을 쓴다. 반찬 하나하나의 맛을 느끼며 먹어야 하는데 말아서 먹고 있으니 제대로 된 상황은 아닐 것이다. 그러나 말아먹음으로 허기를 채울 수 있다면, 말아먹어서라도 먹을 수 있음에 감사하게 된다.

국 중에 가장 쉬운 국은 콩나물국이다. 솥에 물을 받아놓고 멸치를 우림통에 넣어서 같이 끓인다. 물이 끓는 동안 콩나물은 큰 대야에 찬물을 받아서 씻는다. 양손으로 콩나물을 한 움큼 움켜쥐고 헹구듯 손을 흔든다. 좌우로 흔들리는 힘과 물의 저항이 만나서 콩나물의 머리를 감싸고 있는 반투명한 껍질이 떨어져 나간다. 그 뒤 구멍이 송송 나 있는 큰 채반에 받쳐놓고 물기를 뺀다. 다른 반찬 재료를 손질하다가 어느 정도 시간이 흘렀으면 콩나물을 넣고 간장과 소금으로 간을 맞춘다. 파와 고추를 송송 썰어서 마무리를 하면 따끈따끈한 콩나물국이 완성된다.

콩나물국과 비슷한 난이도로 미역국이 있다. 그래도 미역국은 부모님 생일상 등으로 도전하기에, 다른 국에 비해서 해본 사람이 많다. 미역을 넣고 간장과 참기름만으로 간을 맞추니 이만큼 쉬운 국이 없다. 초보자들은 미역이 불어나는 양을 가늠 못 하기 때문에 실패하곤 하는데 말린 미역을 자른 다음 불리는 게 아니라 미역을 먼저 불린 다음 자르면 된다.

김치찌개 역시 간단하다. 모든 김치요리는 김치가 맛있으면 평균 이상의 맛을 낸다. 김치찌개를 맛있게 하기 위해선 김치를 바로 국에 넣지 말고 먼저 기름을 두르고 김치를 오래 볶은 뒤 끓이는 걸 추천한다. 고춧가루가 들어간 모든 재료를 볶을 때면 왜 고춧가루를 전쟁무기로 사용했는지 알게 된다. 김치 15kg 정도를 대형 삽으로 볶아봐라. 거짓말하지 않고 정말 눈앞이 매콤해진다. '눈으로 욕하다'라는 말은 많이 하지만 '눈으로 맛본다'라는 말은 잘 사용하지 않아서 체감 못 할 수 있다. 그러나 혀가 아니라 눈에도 미각세포가 일부 있는 것이 분명하다. 궁금하다면 가까운 급식소에 1일 체험을 신청해서 김치를 볶아보도록 하자. 알지 못했던 미각세포에 말 그대로 눈 뜬 뒤, 눈으로도 욕할지 모른다.

요 김치찌개에 햄과 소시지 등이 들어가면 부대찌개가 된다. 부대찌개는 이름부터 군대 음식이다. 미군부대에서 보급품으로 나왔던 햄, 소시지 등을 집에 있던 김치 등과 넣어서 끓여 먹은 것이 유래라는 설이 있다. 부대찌개 하면 많은 사람들이 의정부를 원조라고 떠올린다. 유명 만화『식객』에서 부대찌개 원조로 의정부 오뎅식당을 뽑았으며, 의정부에 가면 부대찌개 거리가 따로 조성되어 있다. 매년 10월이면 부대찌개 축제도 열린다. 이것으로 무슨 축제가 벌어지나 궁금할 수있지만 그 궁금증은 마음속으로만 담아두시길. 한쪽에선 페이스페인팅을, 한쪽에선 부대찌개 시식을 하는데 축제에 참가해도 대체 이것이 무슨 축제인지 모를 그런 혼돈의 축제였다. 2022년이

벌써 15회 축제라고 하지만 의정부에도 부대찌개 축제를 모르는 사람이 태반이다.

비록 혼돈의 축제지만 의정부시가 축제로 유치할 정도로 의정부는 부대찌개에 진심으로 보인다. 미군부대, 306보충대대 등 군사도시로 유명했던 의정부이니 군대 음식 같은 부대찌개가 상징이 되는 것도 의미 있어 보인다. 그래서인가 의정부에서 왔다고 하면 부대찌개를 잘해야 할 것 같은 부담감을 느끼기도 한다. 처음 취사장에 배정받고 의정부에서 왔다고 하니 '그럼 부대찌개를 잘하겠네'라는 말을 들었었다. 이천에서 왔으면 밥을 잘하고 영주에서 왔으면 사과를 잘 깎을까. 의정부에서 왔으면 부대찌개에 대한 입맛의 기준만 높을 뿐이다.

국물요리의 완성은 감자탕이라고 생각한다. 손이 많이 가는 요리인 감자탕을 할 정성이 있다면 다른 모든 국을 할 수 있다. 감자를 손질해서 큼지막하게 자르고, 고기는 미리 핏물을 빼둬야 한다. 콩나물을 비롯한 갖은 야채도 준비하고 고추장과 된장으로 간을 한다. 다른 국은 반찬에 밀

172   살짜쿵 군대요리

려 무대 맨 뒤에 조용히 있기 일쑤지만 감자탕은 그날의 주인공이다. 만드는 건 힘들지만 먹는 사람들이 즐거워하는 모습을 보면 또 뿌듯하다. 감자탕으로 부대 사람들의 행복도를 높이는 데 기여했다면 정말 취사장의 모든 음식을 경험했다고 할 수 있겠다.

민간조리원
취사병은 군인이 아닌가요

Q. 공군의 공은 공익의 공인가요?

A. 한 번에 두 명을 욕하는 재주가 있으시네요.

　　고등학교 동창 세 명이서 모이는 모임이 있는데 둘이 각각 해병대, 수색대를 나왔고 내가 공군취사병을 나왔다. 이들은 가끔 군대 이야기가 나오면 공군에, 취사병은 군대에 대해서 말을 할 수 없다며 발언권을 주지 않는다. 처음에는 항변하기도 했으나 그동안 이들의 군생활을 들으면서 이제는 어느 정도 취사병의 억울함을 호소하는 것을 포기하였다. 이들의 말대로 나는 선임병에게 구타를 당한 적이 없으며, 혹한기에 최전방 눈밭에서 경계를 서다 귀에 동상이 걸려본 적도 없다. 그렇기 때문에 나에게 발언권이 없어도 이해할 수 있다. 그렇지만 취사병 또한 다른 병사들과

　　　　　　　　　　　살짜쿵 군대요리

같은 군인이다. 전쟁이 일어나면 다른 병사들처럼 전쟁터에 나가서 함께 사선을 걸어야 할 소중한 전우 중 한 명이다.

취사병도 군인이기 때문에 다른 병사들처럼 고충이 많다. 우선 군대가 힘든 건 일과보다 부조리다. 땡볕에 총 들고 고생하는 훈련보다 말도 안 되는 것으로 갈구는 선임이 더 괴로운 법이다. 그리고 부조리는 병과를 따지지 않고 존재하기에 취사병도 이 부조리를 겪는다.

일과도 비교해보면 훈련이 없을 뿐이지 취사병도 다른 병사들 못지않게 육체적으로 고생을 한다. 단체급식은 중노동으로, 근골격계 부상이 많다.* 40kg 쌀포대를 옮기고 15~30kg 사이의 고기를 삽으로 볶는다. 물론 수색대처럼 최전방에서 근무하거나 해병대처럼 훈련이 많다면 차라리 밥을 하는 것이 쉬울 것이다. 그렇지만 후방에 있는 다양한 병과들과 비교하면 취사병은 꽤나 많은 고생을 하는 직종 중 하나이다.

아무리 생각해도 취사병이 받는 모든 편견은

---

* 정민엽, "6명이 300인분 조리…'급식종사자 대부분 근골격계 환자'", <강원도민일보>, 2022. 12. 19

이미지가 만들었다. 군인이라고 하면 적군의 침입에서 국민의 생명와 조국의 영토를 수호하는 용사 이미지인데, 밥을 짓는 것과 용사의 이미지가 겹치지 않기 때문일 것이다. 그렇지만 실제 전쟁에서 취사병은 상당히 중요하다. 식사, 무기, 의료지원을 일컬어 3B*라고 칭하며 군대에서 가장 중요한 보급으로 뽑는다. 100명의 군인과 전투하는 것보다 100명을 먹여 살릴 물자를 불태우는 것이 확실히 더 효율적으로 보이지 않는가. 삼국지만 봐도 아군보다 몇 배는 더 많은 적군의 보급선을 끊어 사기를 저하시키고 전쟁에서 승리한 경우가 많이 나온다. 조조는 원소의 병참기지를 불태워 관도대전을 승리로 이끌었고, 마속은 물 보급로가 끊겨 전투에서 패배한 뒤 읍참마속이란 사자성어를 남겼다. 현대전에서도 여전히 보급은 중요하다. 러시아·우크라이나 전쟁은 전선이 교착되면서 전쟁이 장기화되었고 세계 2위의 군사력을 가졌다는 러시아군이 보급 부족으로 난항을 겪었다. 그러니 군대가 전쟁을 대비해서 있는 집

---

*   콩(Bean), 총알(Bullet), 붕대(Bandage)

                                   살짜쿵 군대요리

단인 이상, 취사병의 존재는 중요하다.

그런데 취사병은 줄이고 민간조리원을 늘린다는 발표가 있었다. 여기에는 여러 가지 요인이 있다. 우선은 저출산으로 인해 군대에 갈 인원이 급감했다. 정부는 '국방개혁2.0'을 통해 병역 자원 감소에 따라 전투력 위주로 병력을 재배치하였고 비전투인력인 취사병 숫자가 줄어들었다. 원칙대로라면 취사병 1명당 50인분을 담당을 해야 하나 2021년 기준으로 육군 취사병 1명이 75인분을 하고 있다고 한다. 이로 인해 취사병들의 과로가 수면 위로 올라왔고, 민간조리원 확충을 통해 이들의 부담을 줄인다는 취지도 있다. 문제는 민간조리원의 원활한 공급이 있을지가 미지수라는 것이다. 실제로 최저임금에 가까운 월급과 늘지 않는 호봉 탓에 지원자가 미달이 되고 있다고 한다.

민간조리원의 존재는 중요하다. 조리학과 취사병이 오지 않는 이상 이들은 평균적인 취사병보다 월등한 요리솜씨를 가지고 있으며 2년 동안 근무하고 나가는 병사들과 다르게 긴 시간 부대에 머물며 음식 질을 어느 정도 유지시켜준다. 우리 부대에 계시던 민간조리원은 부대 인근에 사시는 40대 아주머니로, 내가 입대했을 때 벌써 4년째 근무하고 계셨다. 민간조리원은 계급에서 벗어난 존재로, 한 명이 말을 높이면 다른 한 명이 하대하는 군대에서 유일하게 모두에게 존댓말을 들으면서 또 존댓말을 쓰는 신비로운 분이다. 취사병들은 친근하게 이모라고 부르며 편하게 대했다. 첫 후임을 자대 배치 1년 후에야 받은 나는 1년 동안 식당에서 편하게 이야기할 사람이 이분밖에 없었다. 그래서 정신적으로 많은 의지를 했고, 전역 후에도 꽤 오랜 시간 스승의 날마다 전화를 드렸다.

그렇지만 모든 취사병이 민간조리원으로 대체되는 것은 쉽게 상상이 가지 않는다. 미국은 이라크 전쟁 당시 전투병력만 파견하고 식당은 민간 군사전문업체에 맡겼다고 한다. 그것이 전쟁의 미래일 수도 있다. 그러나 식량자급률이 국가안보에 중요한 것처럼 군대의 식사자급률 또한 어느 정도는 지켜야 하는 것이 아닐까. 위급 시에도 민간조리원들이 전투에 같이 나가는 게 아니라면 말이다. 군대는 평시를 위해 존재하는 것이

아니라 위급 시를 대비하는 기관이라는 점을 잊
지 말아야 할 것이다.

김치

없으면 못 산다는 그 음식

Q. 요리를 시작하는 사람에게 필요한 건 무엇인가요?

A. 10kg 아령을 자유자재로 다룰 수 있는 근력입니다.

전역을 하고 집에서 요리를 하려고 하니 한동안 50인분 이하의 요리에 익숙해지기 힘들었다. 부엌에만 가면 소인국에 도착한 걸리버처럼 어색함을 느꼈다. 된장이나 고추장을 바가지가 아닌 숟가락으로 푼다거나, 양파를 한 망이 아니라 겨우 반 개, 한 개도 아니고 그걸 반 잘라서 쓰는 상황을 받아들이기 힘들었다. 그러다 김장철이 되면 익숙한 군대의 향기를 느낄 수 있었다. 어머니가 무를 10개 정도 사 오셨는데 부엌에 쫙 깔린 무를 보니 가슴이 두근거렸다. 이 정도 양이 있어야 칼질도 하는 맛이 나고 간도 볼 수 있다. 취사병의 존재가 빛날 수 있는 상황은 역시 대량급식

살짜쿵 군대요리

뿐이다.

　가끔 김장철이면 군인들이 김장하는 사진이 뉴스에 나오곤 한다. 큰 부대에서는 김장을 한다고 들었는데 나는 작은 포대에 있었기 때문에 김치를 직접 담그는 일은 없었다. 김치는 2년 내내 보급을 받아서 썼다. 한때 훈련소에서 군대 김치에는 성욕억제제가 들어간다는 소문이 돌았었다. 도대체 어떻게 이런 소문이 만들어졌을지 한번 추측해보자.

　훈련소에 모인 20대 청년들은 당연히 혈기가 왕성했을 것이다. 그런데 이상하게도 군대에 와서 일주일 정도가 지나니 거짓말처럼 아침에도, 저녁에도, 하루 종일 힘없이 축 늘어지게 됐다. 처음에는 한 명이 별생각 없이 요즘 힘이 없다고 말을 뱉었겠지만, 같은 생활관을 쓰는 모두가 자기도 그렇다고 하면서 이 이상한 현상이 공론화되었을 것이다. 그러면서 음모론이 제기된다. 군대에서 우리를 통제하기 위해 성욕억제제를 뿌리는 거 아닐까. 그럼 밥에다가 넣지 않을까. 아니다. 밥은 취사병이 부대마다 하지 않나. 모든 취사병을 매수하지 않는 이상 그것은 불가능하다. 그렇다면 김치는 어떨까? 거의 끼니마다 나오고 취사병들이 직접 담그는 것도 아니며 어디선가 만들어져 전군에 보급해 준다. 만약 모든 군인이 성욕억제제에 감염된다면 이 김치가 숙주일 것이다.

아마도 이런 식으로 소문이 돌지 않았을까? 당연하지만 이는 낭설이다. 우선 어떠한 부작용 없이 특정 기간 성욕만 쏙 빼놓는 약은 존재하지 않는다. 그런 약이 있었다면 우리나라에서는 분명히 수험기간 때 대대적으로 혈기왕성한 젊은 수험생들에게 그 약을 복용하라고 광고했을 것이다. 강남 학부모만큼 재력과 정보력을 갖춘 집단이 없는데 그 집단에서도 그런 약을 찾지 못한 것으로 보아 아직 현대 기술은 그런 약을 만들지 못한다. 훈련소에 들어간 젊은이들이 힘을 못 쓰는 까닭은 단순하다. 20대 초중반까지 경험해보지 못한 극한의 스트레스와 고강도의 육체훈련을 처음 받아서 혈기는 물론이고 생기마저 바닥을 쳤을 뿐이다. 그 증거로 훈련소를 끝내고 자대배치를 받으면 혈기가 늘어졌던 현상은 점차 사라진

살짜쿵 군대요리

다. 계급이 병장이 되었을 때는 혈기는 물론, 활기까지 돌게 된다.

보급받는 김치는 15kg 단위로 받는데 김치찌개와 같은 요리가 있는 날이면 30kg에서 45kg 정도 되는 김치를 옮기곤 했다. 특이하게 겨울철이면 김치가 잘라져 오는 게 아니라 배추 포기째 그대로 오곤 했다. 그러면 썰어서 내야 하는데 이 김치는 잘라져 오는 김치보다 훨씬 더 맛이 있어 부대원들이 좋아헀다. 그러면 취사병들도 좋아했을까? 희한하게도 행복 총량의 저울이 있어서 누군가가 웃으면 누군가는 울어 저울의 균형이 맞춰지는 것이다. 겨울철에 김치를 썰고 있으면 손이 얼어온다. 겨우 김치 가지고 무슨 엄살이냐고 할수도 있지만 모든 식재료가 짐덩어리로 보이는 취사장, 김치는 15kg짜리 얼음덩어리일 뿐이다. 그뿐일까. 다시 한번 말하지만 고춧가루는 분명 군사도구로 사용했던 것이 분명하다. 고추가 임진왜란 때 유입된 것인지에 대해서는 논란이 많지만 이 녀석이 적군의 눈을 뜨지 못하게 만드는 고약한 놈인 것에는 논란의 여지가 없다. 겨울철에만 들어오는 포기김치는 취사병을 골병들게 하는 음식 중 하나였다.

군대를 다녀온 사람들은 얼마나 힘든 훈련을 겪었는지 토로하곤 한다. 강원도 전방에서 근무했던 육군 친구가 혹한기 훈련을 받고 귀가 얼어 터졌다고 해서 마음이 짠했었다. 취사병은 추운 겨울 산속에서 훈련을 하지 않으니 귀가 얼어 터질 일은 없다. 다만 우리도 우리 나름의 골병들이 있다.

습진은 가장 흔한 질병이다. 흔히 결혼할 때 하는 '손에 물 한 방울 묻히지 않고 살게 해줄게'라는 말이 얼마나 엄청난 말이었는지 취사병을 하면서 깨달았다. 밥을 하는 사람은 하루 종일, 1년 내내 손에 물이 마를 날이 없다. 요리를 준비하면서 온갖 재료를 세척하고, 요리가 끝나면 설거지를 한다. 하루에 1시간 이상은 물에 손을 담그고 있는 꼴이다. 안 그래도 칼을 다루니 자상을 당할 위험도 높은데, 매일 물을 묻히니 한 번 다치면 상처가 잘 낫지도 않는다. 가끔 집안일을 도우며 '나는 고무장갑 따위는 끼지 않지'라고 큰소리치

살짜쿵 군대요리

는 사람들이 있는데, 이건 듣는 입장에서 정말 얄미운 말이다. 본인이 얼마나 집안일을 하지 않고 있음을 자랑하는 말이나 다름없기 때문이다. 한 번이라도 습진으로 고생을 해본 사람, 깨진 그릇에 손을 베어본 사람, 설거지를 매일매일 다년간 해온 사람들에게 고무장갑은 정말 필수다.

그뿐일까. 요리는 분명 중노동이다. 자대에 배치받고 1년 정도가 넘으니 밤에 자려고 누웠을 때 손가락 마디마디가 저려서 쉽게 잠들 수가 없었다. 이건 망치처럼 내리쳐서 썼던 고기 칼 때문이라고 이백 프로 확신할 수 있다. 매일 20~30kg 정도 되는 재료를 대형 삽으로 볶고, 각종 야채도 매일 무더기 손질을 한다. 거기에 주기적으로 고기를 내려치니 손이 멀쩡하면 오히려 이상할 일일 것이다. 요리는 남자들에 비해서 여자들이 많이 한다고 생각하는데, 막상 식당에서 일하는 요리사는 남자들이 많다. 집요리와 달리 식당요리는 체격이 건장한 사람이 더 유리하기 때문이라고 생각한다. 단체급식을 위해선 섬세함과 센스 외에 10kg 아령을 얼마나 자유자재로 다루는지도 중요하다. 50인분이 넘어서는 순간, 모든 식재료는 질량 덩어리다.

식당에서는 식재료 때문에 부상을 입지만 또 식재료로 이 부상을 치료하기도 한다. 여름철, 훈련을 받다 생긴 피부 화상에 감자를 갈아서 붙이면 효과가 좋다. 산속에 위치한 부대 특성상 혹한기면 내복에 군복에, 그 위에 점퍼를 입고 이불까지 덮고 자도 추워서 잠을 깨곤 한다. 그런 날 다음이면 목이 반쯤 가는데 무 끓인 물을 마시면 맛은 이상해도 목 상태가 좋아진다. 약국이 없던 옛날, 밥이 보약이라는 말은 비유가 아니었을 수도 있다.

이렇듯 밥은 귀하고 밥을 하는 일은 정말 중노동이다. 햇살이 당연한 것이라 그 소중함을 모르는 것처럼 매일 올라오는 밥상이기 때문에 그 귀함을 잘 모르고 지나치곤 한다. 한겨울에 맛있는 김치를 먹었다면, 누군가가 그 김치를 써느라 고생했다는 걸 한번 생각해보는 것이 어떨까?

면회

멀리서 고생하는 이를 향한 그리움을 담아

Q. 면회 자주 오셨나요?

A. 여자친구 유무부터 물으셨어야죠...

시간이 지날수록 군대는 편해진다. 이것은 마치 법칙과도 같아 전역한 사람 아무나 붙잡고 물어도 자신이 나온 군대는 아주 힘든 군대며, 자신이 전역한 이후로 군대가 참 편해졌다는 대답을 들을 수 있다. 이와 유사하게 졸업한 학교가 좋아지는 법칙 등이 있는 것으로 보아 우리 사회는 시간이 갈수록 살기 좋아져야 하는데 슬프게도 세상은 갈수록 먹고살기 퍽퍽해지니 아이러니하다. 예전에 비해서 군대가 편해졌다 하지만 그래도 사회와는 단절된 공간이다. PX가 존재하긴 하지만 이는 만능이 아니다. 군대에 있다 보면 피자, 치킨, 회와 같은 사제 음식이 그리울 때가 생긴다.

이런 음식들을 먹을 수 있는 기회가 바로 면회다.

여담이지만 군대에 들어오면 몸은 그 어느 때보다 활발히 움직이면서 위장에는 그 어느 때보다 건강을 생각한 음식들만 들이니 다수의 남자가 성공적인 다이어트를 경험하게 된다. 이들 중 대부분은 인생 최고의 몸을 만들었다는 사실에 기분이 좋아 거울을 보지만 이내 머리 위의 허전함에 아쉬움을 느끼며 역시 얼굴의 완성은 머리카락이란 생각을 한다. 그래서 대다수 남자는 전역 후 온갖 머리 맵시에 도전한다. 그렇게 댄디컷, 레이어드컷, 염색에 파마 등 온갖 시도를 한 뒤에야 결국 중요한 건 얼굴이지, 얼굴을 뛰어넘는 머리 맵시는 없다는 잔인한 진실과 마주할 것이다. 그러나 전역 날짜만 기다리는 이들에게 이것은 너무나도 먼 이야기일 것이다.

아주 소수, 유전자의 축복을 받은 사람들은 전역 후에도 그 잔인한 진실과 마주하지 않는다. 내 군대 동기 중에 그런 친구가 있었다. 남자인 우리가 봐도 정말 잘생겼었다. 대다수의 군인들은 자신의 얼굴이 자연친화적으로 생긴 이유가 땡볕에 구르고 머리카락이 없기 때문이라고 자기 위로를

살짜쿵 군대요리

하는데, 이 친구를 볼 때면 그게 다 비겁한 변명이란 사실이 너무나도 명확하게 드러난다. 나를 비롯하여 대다수의 평범한 남자들은 잘 인지하지 못하는 사실인데, 잘생긴 사람들은 어떻게 해도 잘생겼다. 얘네들은 머리를 깎아놔도 잘생겼고, 진흙밭에 뒹굴어도 잘생겼다. 앞으로 봐도 잘생겼고 뒤로 봐도 잘생겼고 거꾸로 봐도 잘생겼다. 얼마나 잘생겼는지 감이 오지 않는다면 2년 내내 단 한 주도 빠지지 않고 여자친구가 면회를 왔을 정도라고 말해주고 싶다. 면회는 미리 부대에 신청해서 허락을 받고, 면회인은 당일 부대에 도착해 면회 장소에서 대기한다. 그 사이 부대에선 방송을 해서 방문객이 찾아온 병사를 찾는데 우리 부대는 주말마다 그 친구를 찾는 방송이 울렸다. 그렇다. 이 정도는 돼야 잘생긴 것이다.

여기까지 쓰고 필자는 군생활 2년 동안 단 한 번의 면회를 하지 않았다고 적으려니 참으로 괴롭다. 사실 적시도 명예훼손이 되는 마당에 이 정도면 자폭으로 봐도 되지 않을까. 공군은 6주에 한 번 2박 3일 휴가가 나오고, 취사병은 하루를 더 받아서 3박 4일 나온다. 그리고 나는 집에서 부대까지 거리가 집에서 대학까지 거리보다 가까웠던 사람이다. 잦은 휴가만으로 충분해서 면회 따위는 정말로 필요 없었다. 그래서 온다는 사람도 말렸다. 정말이다. 진짜다. 참으로 필요 없었다. 그러니 지금 당장 동정으로 가득한 눈은 거두어 주시길.

애인이 있는 군인들에게 가장 애틋한 시간이 바로 이 면회 시간일 것이다. 면회는 주말에만 가능하며 보통 9~17시 사이에 이뤄진다. 시간도 짧게는 1시간에서 긴 곳은 반나절 이상도 가능하다고 하니 부대마다 차이가 꽤 크다. 위생상 음식 반입이 안 되는 곳도 있다고 하지만 대부분 면회 때 음식 반입이 가능한지라 치킨, 회 등 다양한 음식을 싸 오곤 한다. 물론 잘생긴 동기한테 들은 것이지 실제로 목격한 바가 없기에, 이제부턴 겪은 일로 화제를 전환하고자 한다.

면회 말고도 외부와 소통을 할 수 있는 방법이 있으니 그것은 편지다. 11년도 군번이 느끼는 요즘 군대와 라떼 군대의 가장 큰 차이가 바로 이 편지다. 휴대폰 반입이 없던 시절, 편지는 유일한

살짜쿵 군대요리

소통의 창구였다. 애인은 없었지만 나는 주야장천으로 편지를 썼다. 아마도 부대에 있는 병사 중 가장 편지를 많이 주고받았을 것이다. 애인도 없는 사람이 누구와 그렇게 편지를 주고받았는지 궁금할 수 있다. 그 대답에 비슷한 시기에 입대를 하였던 대학 동기라고 대답하면 한 문단 위에서 멈췄던 동정 가득한 눈을 다시 할 수 있다. 이 부분은 필자도 위로받아 마땅하다고 인정하는 부분이니 마음껏 두 눈에 슬픔을 담길 바란다.

대학 동기 중에 삼수한 형이 있었다. 이 형은 신기하게도 육군 취사병으로 배치를 받았다. 나와 마찬가지로 공부만 했지 요리의 ㅇ자도 모르던 형이었는데 정신을 차려보니 취사병이 되었다고 한다. 부대 보급품 중에는 편지지가 있다. 공군 편지지의 경우 비행기와 같이 손으로 엄지척을 하고 있는 비행사가 그려져 있었다. 이 편지지는 자유시간 아무것도 할 게 없던 훈련소 때 귀한 여김을 받다가 생활관에 TV가 있는 자대배치 이후 관심이 없어지는 것처럼, 최근에는 스마트폰 반입으로 인해 아예 관심 밖이 되어버린 것 같다. 그러나 나와 동기 형은 전역할 때까지 이 편지지로 군사우편을 주고받았다. 공군 편지지와 육군 편지지를 주고받는 우리의 애틋함은 하늘과 땅을 잇는다는 점에서 천지인 정신에 부합하는 듯 보였으나 실은 산업스파이마냥, 과연 다른 군의 식단표는 우리와 뭐가 다른가를 비교하면서 서로의 군생활에 우위를 다투기도 했으며, 그래도 공군이라서 육군보다는 휴가가 많다는 창과 어차피 취사병이 될 거면 육군으로 오지 왜 공군을 가서 3개월 더 하냐는 방패의 싸움이었으니, 싸움은 대체로 방패의 승리로 끝났다. 군생활이 길다는 것은 그 무엇과 비교해도 이길 수 없는 단점으로, 공군의 원죄와도 같았다.

여담으로, 군대 보급품 중에 훈련소에서 나눠주는 '훈련일지'라는 일기장이 있다. 나는 이 훈련일지 외에도 공책 두 권을 반입하여 2년 동안 일기를 썼다. 군대에 있다고 해서 사회에서의 삶과 단절된 기간을 사는 것이 아니라는 점을 꾸준히 이어져온 일기를 통해서 확인하고 있으며, 덕분에 이번 책을 쓰는 데도 참조하고 있다.

면회, 편지는 모두 군대 간 자식, 애인을 향한

살짜쿵 군대요리

걱정과 그리움을 느끼게 해준다. 바리바리 싸 오는 면회 음식은 '내 자식 밥은 내가 먹여야 하는데', '어디 밖에서 제대로 된 식사라도 하고 있을까' 등의 걱정이 담긴 사랑이다. 그러니 부대에 있으면 자주 편지를 쓰고 연락을 드려야 한다. 계속해서 소식이 들려도 걱정이 끊이지 않는데 편지마저 없으면 부모님 속이 어떨까.

우리 어머니는 내가 군대에서 맞지는 않을까 항상 걱정을 하셨다. 내가 휴가 때 가지고 나온 운동복이 상당히 지저분했는데 이것이 아무리 봐도 구타를 당한 흔적 같다며 거짓말하지 말고 사실대로 말하라는 소리를, 나이가 서른이 넘은 지금도 종종 듣는다. 난 지금도 내 운동복이 왜 더러웠는지 알지 못한다. 아마도 조리과정에서 생긴 오염 때문이겠거니 한다. 그것이 아니라면 그냥 내가 더러운 사람일 수도 있는지라 제발 조리과정이길 바라는 마음도 있다. 어머니께 벌써 수십 번 말했는데, 나는 군대에서 구타를 당한 적이 없다. 그러나 어머니는 아들내미 특유의 자유분방함이 어디 가서 매를 벌어오진 않을까 하는 걱정을 넘어 확신을 하신 듯하다. 물론 군대다 보니 갈굼이 없었던 건 아니지만 그래도 물리적인 타격을 받은 적은 없다. 사무실에서 같이 근무하는 근로학생들(평균적으로 20년도 군번)한테도 물어보니 요즘은 대체적으로 구타 및 가혹행위가 많이 사라진 것 같다. 그러나 아직도 선임이 후임을 때리는 일이 비일비재한 부대도 있을 것이다. 수색대와 해병대를 나온 친구들에게 정말 지겨울 정도로 들어서 알고 있다. 한쪽은 꽤나 맞았고, 한쪽은 꽤나 때렸다고 하니, 우리 모임은 맞은 자와 때린 자, 조용히 보낸 자로 서로 균형을 맞추며 지내고 있다.

내 경우 맞지는 않았지만 당연히 고생도 했다. 내가 자대배치를 받았을 때 나의 부대 차선임은 내가 연세대를 나온 걸 알고 무한한 관심을 보였다. 자신이 신촌에 살고 있다며 수능을 다시 봐서 연세대에 들어갈 거라고 말을 하고 있었는데, 마침 내가 들어온 것이다. 그러나 그분은 거주지 말고는 나의 모교와 연이 없던 분이었고, 수능 날이 가까워짐에 따라 유독 나를 갈구었다. 학교생활을 모범적으로 얌전히 한 아이들의 특징이 있는데 이들은 이유를 알고 갈굼을 당하면 납득이라도 한다. '다음엔 이걸 잘해야지', '내가 좀 더 노력해야지' 등으로 자기합리화를 하는 답답한 유형이기 때문이다. 그러나 별 이유 같지도 않은 이유로 갈굼을 당하니 정말 억울하고 괴로웠다. 좀 더 나이를 먹고 공공도서관에서 온갖 말도 안 되는 민원을 맞닥뜨려본 지금은 민원을 위한 민원이 있다는 걸 이해한다. 그러나 그때는 이유 없는 갈굼이 견디기 힘들었다. 가장 친한 친구한테 전화해서는 아무 말도 하지 말고 내 욕 좀 들어달라고 한 뒤, 그냥 십 분 넘게 쌍시옷이 들어가는 단어만 계속 말한 적도 있다. 총 들고 나라 지키는 군인이라고 하지만 실상은 이제 갓 청년기에 들어선 미숙아들이 대다수일 것이다. 누군가가 자신을 심하게 괴롭히는 상황도 처음이고, 차오르는 분노를 어떻게 푸는지 배우지도 못했고, 신병 시절이라 욕도 제대로 아는 게 없으니. 그저 한풀이를 했던 것뿐이다.

가혹행위보다 부대에서 조심해야 할 건 사건 사고다. 2년 동안 복무하면서 목격한 가장 큰 사고는 간부 한 분이 발목 지뢰를 밟은 사고였다. 전쟁터가 아닌 영토 안에, 그것도 5분 거리에 시내가 있는 작은 포대인데, 지뢰가 매설되어 있다는 사실이 비현실적으로 느껴졌다. 사람의 신체가 훼손당하는 사고가 그렇게 가까운 곳에서, 그것도 매일 보던 사람에게 일어나는 것은 너무나도 끔찍한 일이었다.

요즘 군대가 군대냐고 가볍게 말하는 사람들이 있다. 요즘에 누가 예전처럼 때리냐고, 폰 반입이 되는 군대가 뭐가 힘드냐며, 월급도 많이 올라 할 만한 일이라고 한다. 그러나 정말 군인이 할 만하다면 왜 이것을 모병제로 돌리지 않는 것일까. 군복무는 분명 누구도 하고 싶지 않은, 그러나 모두가 해야 하는, 심지어 세계적인 스타가 된 BTS도 피할 수 없는, 국민이 짊어져야 하는 국방의 의무다. 그리고 그 의무기간 동안 사회에선 마주치기 힘든 위험과 직면하기도 한다. 이들을 위해서 그리움 담은 음식을 가지고 면회를 가보는 것은 어떨까.

살짜쿵 군대요리

군대리아
레토르트의 간편함을 담은 빵식

Q. 군대리아를 롯데리아보다 맛있게 먹을 수 있는 비결이 있습니까?

A. 롯데리아를 인수한 뒤 맛없게 만드는 수밖에 없습니다.

군대요리 중 가장 유명한 메뉴는 군대리아다. 군대와 롯데리아의 합성어로, 특정 브랜드명만 선택을 받아 다른 햄버거 체인점들은 억울하다 할 수도 있겠다. 하지만 군대킹, 군대날드, 군대터치 등에 비해서 군대리아는 입에 딱 달라붙는 맛이 있다. 군대리아는 군대에서 나오는 몇 안 되는 양식요리이며 빵이 나오는 유일한 메뉴다. 군대리아는 군대에서도 인기가 높고 희한하게도 군대를 갔다 오지 않은 사람도 그 이름은 한 번쯤 들어봤을 정도로 인지도가 높다. 티몬에선 2014년도에 군대리아를 판매했었고, 롯데리아에선 2020년에 밀리터리버거라고 하여 군대리아와 유사한 햄버거 세트를 팔기도 했다. <진짜 사나이> 같은 군대 소재 방송이나 병영캠프에서 군대리아가 나오지 않으면 섭섭할 정도다.

그러나 정말 냉철하고 솔직하게 분석하면, 군대리아는 특별히 맛있지 않다. 당연하지만 사회에서 판매하는 수많은 햄버거와는 비교조차 불가능하다. 그렇기 때문에 지금 티몬에서 군대리아를 검색하면 판매 중단이 뜨고, 밀리터리버거 또한 단종되었다. 군대리아가 인기 있었던 이유는 군대 안에서 먹을 수 있는 유일한 사회 맛 음식이었기 때문이지 않을까. 그래서 군대를 벗어난 사회에선 경쟁력이 없는 것이다. 생각해보자. 다른 요리는 취사병의 손을 거쳐서 완성된다. 이들이 아무리 사랑과 정성을 담는다고 해도 요리를 전문으로 배우지 않은 20대 청년의 풋풋함과 어설픔은 한계가 있을 것이다. 그래서 군대 음식은 아무리 좋은 메뉴가 나와도 어딘지 모르게 '짬밥스러운' 냄새를 풍기기 마련이다. 그러나 군대리아는 그렇지 않다. 준비과정이 단순해서 빵과

살짜쿵 군대요리

고기 패티 모두 데우기만 하면 완료다. 취사병들의 손을 그렇게 많이 타지 않기 때문에 공장에서 찍어내며 기대한 맛 그대로를 병사들에게 전달할 수가 있는 것이다. 음식을 준비하는 데 들이는 노력과 병사들이 좋아하는 정도를 따졌을 때 군대 메뉴 중 가장 가성비가 높은 메뉴가 바로 군대리아다.

군대리아는 아침 메뉴로만 나오는데 평소보다 20분 정도 잠을 더 자고 나와도 문제없이 아침이 준비된다. 이런 건 요리라고 하기에도 민망하고 조리도 과한 느낌이다. 그저 준비 정도가 적당한 것 같다. 빵과 패티, 패티용 소스는 모두 개별 포장이 되어 있다. 식당에 도착하면 대형 솥 두 개에 물을 붓는다. 국솥에 받은 물에는 수프 가루를 풀어서 수프를 끓인다. 옆 솥에는 채반을 설치하여 물과 재료가 안 닿게 한 뒤 물을 끓여서 수증기가 올라오도록 한다. 여기에 빵을 넣고 수증기로 찐다. 빵을 찐 뒤에는 물을 더 받아서 끓인 후 고기패티를 넣어서 데운다. 패티를 꺼낸 뒤 남은 물에는 불을 끄고 패티용 소스를 담근다. 데울 것들이 끝났으면 배식대에 올리고 그 옆에 딸기잼과

포도잼 통조림 뚜껑을 까서 세팅한다. 비닐 포장된 샐러드들은 가위로 끝을 자르고 큰 통에 부어서 담고 그사이 적당하게 데워진 고기패티용 소스도 꺼내서 한쪽에 둔다. 가끔 치즈가 나오는 날에는 소스 옆에 치즈를 까두면 끝이다.

훈련용 전투식량처럼 취사병이 하는 일이 크게 없다. 그러나 전투식량과 같이 보존이라는 특수목적을 가지고 억지로 요리과정을 간편하게 만든 것도 아니고, 카레나 짜장 통조림같이 보존에만 특화된 음식도 아니다. 군대리아는 애초에 간단하게 만들어진 요리다. 그러니 군대리아는 누가 해도 비슷비슷한 바깥 세상의 완제품 맛을 느낄 수 있다. 군대라는 특수 식단에 길들여져 미각 기능이 하향된 군인들에게는 분명 이 맛이 자극적이고 좋았을 것이다.

취사병이기 때문에 다른 병사들보다 많이 먹을 수는 있지만 그들이라고 해서 더 특별한 것을 먹지는 않는다. 어느 정도 조리 경력이 있는 사람이 입대한 것이 아닌 이상 대부분은 군대에서 배운 대로 요리하기에 바쁘지, 특별히 뭔가를 따로

살짜쿵 군대요리

창조해서 먹기는 힘들다. 그러나 군대리아에 한
해서는 취사병과 일반 병사들 사이에 계급이 생
긴다. 한식과 다르게 빵식은 비교적 조리가 간단
하여 다양한 시도를 할 수 있기 때문이다.

취사병들은 군대리아 빵과 패티를 무려 구워
먹는다. 원시인도 아니고 구워 먹는다는 동사 앞
에 '무려'라는 부사를 붙인 것이 어처구니없을 수
도 있다. 그러나 그것은 당신이 2년 동안 삶은 고
기로만 제공된 군대리아를 먹어본 적이 없기 때
문이다. 다른 병사들은, 심지어 포대장도 삶은 고
기를 먹지만 오로지 취사병만이 구운 고기를 먹
을 수 있다. 심지어 계란프라이도 올려서 먹는다.
빵에 계란 옷을 듬뿍 입힌 뒤 구워서 프렌치 토스
트식으로 먹은 적도 있다. 너무나도 차별적인 호
사를 누린 점을 스스로 자백하려니 몸이 떨릴 정
도다. 취사병에게는 이렇게나 대단한 특권이 있
다는 걸 슬쩍 자랑해본다.

새벽기상
취사병의 자기 계발

Q. 군대에 들어가면 시간을 버리나요?

A. 나약함을 버립니다.

    취사병은 새벽기상을 해야 한다. 사람에 따라서 취사병의 가장 큰 고통을 새벽기상으로 뽑기도 한다. 부대에 따라서 식수인원이 많은 부대는 새벽 4시에 일어나기도 하고, 내가 근무했던 곳처럼 인원이 적은 부대는 6시쯤 느지막이 일어나기도 했다. 나는 어렸을 때부터 10시면 자고 7시면 눈을 뜨는 새나라의 어린이였고 성인이 된 이후에도 이 습관은 변하지를 않아 새벽기상이 크게 어렵지 않았다. 오히려 대학에 들어간 뒤로 음주로 인해 늦게 자고 늦게 일어나곤 했는데 군복무 2년 동안 규칙적으로 일찍 자고 일찍 일어날 수 있어서 좋았다.

취사병은 다른 병사들이 쉬는 주말에도 밥을 하기 때문에 휴가를 하루 더 받는다. 이런 배려는 일과 시간에도 적용된다. 취사병은 다른 병사들보다 일찍 일어나서 아침을 하고, 다른 병사들이 저녁을 먹고 자유시간을 갖는 동안 뒷정리를 한다. 그 대신 다른 병사들이 훈련을 받는 오전과 오후에 1~2시간씩 오침 시간이 있다. 오전 오침 시간에는 주로 잠을 잤다. 아침에 일어나서 바로 밥을 하다 보니 피곤함이 계속 남아 있고 간단하게 점심 준비를 미리 해둔 뒤 짧게라도 잠을 청했다. 오전보다 비교적 긴 오후 오침 시간에는 공부를 하거나 책을 읽었다. 군생활 24개월 동안 200권의 책을 읽었으니 1년에 100권씩 읽은 셈이다. 물론 작가로 살고 있으니 당연히 다독이 몸에 밴 사람이긴 하다.* 그래도 성인이 된 이후로 가장 집중독서를 한 시기는 군대가 맞다. 독서뿐만이 아니라 필사도 하고 단편소설도 여러 편 썼다. 외부와 교류가 없는 답답함이 군대의 단점이지만 무언가를 집중해야 할 때는 이것은 큰 장점이다. 군

---

* 자세히 설명할 것도 없지만, 이 기회에, 자세한 건 『도서관으로 가출한 사서』를 참조하라고 슬쩍 홍보해본다.

대를 나오면 왜 옛날 사람들이 귀향살이나 옥살이를 하면서 글을 썼는지 알게 된다. 몸의 자유가 제한된 사람 중에는 머리의 자유라도 극한으로 추구하여 그 균형을 맞추고자 하는 사람들이 있다. 이때 글쓰기는 필요한 도구도 별로 없고 시공간의 제약도 크게 없어 머리의 자유를 추구하는 사람들이 정착하기 쉬운 종착지다.

저녁 조리가 끝난 후에는 다른 병사들처럼 점호 전까지 자유시간을 즐길 수 있다. 계급이 낮았을 때는 주로 다른 병과의 동기들과 운동을 즐겼다. 나는 시설반, 사격통제반 동기와 친했는데 둘 모두 운동을 좋아해서 저녁 점호 전까지 이들과 농구를 하거나 체력단련실에서 쇳덩어리를 들곤 했다. 강한전사수련장이라고 이름 붙여져 있던 체력단련실에는 운동에 열중하는 건강한 남아들이 가득했다. 이들은 운동 후에 PX에서 프로틴을 사 먹곤 했는데, 나는 취사병답게 닭곰탕이 식사로 나올 때 가슴살만 따로 보관해두었다가 삶아 먹곤 했다.

상병이 꺾이고* 전역할 때까지는 기타를 배웠다. 군대는 정말 별게 다 짬순인데 우리 부대는 상병이 꺾여야지만 부대에 기타를 가지고 올 수 있었다. 기타는 한 기수 위 선임에게 배우기도 했고 인터넷을 뒤져 독학도 했다. 주로 아이돌 노래 코드를 찾아서 기타로 치곤 했다. 기타에 숙달된 프로라면 또 다르겠지만 대부분의 아이돌 노래는 기타로 그 매력을 살리기 힘들다. 그리고 기타 초보인 내가 연주하는 아이돌 노래는 정말이지 별로였다. 하지만 그래도 아이돌 노래만을 고집했다. 군대에 있으면 아이돌이 빛과 희망이기 때문이다. 내가 군복무를 했을 때는 아이유가 3단 고음을 지르고 소녀시대가 왕성히 활동을 하던 때였다. 입대 전까지 나는 국악동아리에서 해금을 켰던 사람으로 아이돌은커녕 대중가요에도 별로 관심이 없는 고리타분한 사람이었다. 그러나 군

---

* 특정 기간의 절반이 넘어선 것을 군대에선 꺾였다고 표현한다. 예를 들어 상병 기간이 총 1년 정도면 6개월은 지나야 꺾인다고 표현을 한다. 하지만 3개월도 안 되는 짧은 기간, 예를 들어 이병이나 병장은 그런 표현을 하지 않는다. 다만 14년도 공군은 병장도 6개월을 했기 때문에 병장도 꺾인다는 표현을 썼다.

인이 되자 아이돌계의 얼리어답터가 되는 데 그리 오랜 시간이 걸리지 않았다. 대학친구들이 씨스타, 포미닛 등을 이야기할 때 나는 EXID를 이야기하여 도대체 그 그룹은 어떻게 읽어야 하냐는 핀잔을 듣곤 했다.* 친구들이 이엑스아이디를 엑시드라고 읽을 때 나는 부대 싸지방(사이버지식방)에서 그녀들의 노래를 검색하여 기타코드를 찾아서 연습했다.

병장을 달고부터는 기타에 더욱 매진하여 작사작곡을 했다. 지금은 픽미픽미 픽미업을 지나 트로트가 대세지만 그때는 슈퍼스타K 등 오디션 프로그램이 대세였다. 그래서 그런지 기타는 거의 국민악기가 되었고 기타 하나 들고 다니며 자작곡을 부르는 일명 싱송라(싱어송라이터)가 유독 강세였다. 그 유행의 흐름에 편승하여 기타로 노래 만드는 재미에 빠졌고 저녁 식사 설거지를 다 마치고 모든 일과가 끝나면 바로 기타를 쳤다. 생

---

* 정작 EXID가 위아래로 역주행을 했을 2014년 10월에는 복학을 해서 아이돌에 아무런 관심이 없었다. 군복무 기간이 단축될수록 아이돌을 좋아하는 20대 남성이 줄어드는 상관관계가 분명히 있을 것이다.

활관에서 칠 때는 다른 병사들이 있으니 조용조용, 마음껏 소리 지르고 싶을 땐 병사들이 모두 빠져나간 식당에서 혼자 치기도 했다. 도대체 어떻게 작곡을 시작했냐는 질문을 가끔 듣는데 아무리 생각해도 아이돌 때문이다. 원래 기타노래가 아닌 노래를 기타로 연주하려니 원곡과는 다른, 원곡의 제2창작 같은 노래를 부르고 있었다. 분명 내가 보고 있는 악보는 투애니원인데 내가 연주하는 곡은 투애니투 같은 느낌이랄까. 자꾸 원곡과 다른 노래를 부르다 보니 이럴 바에는 그냥 내 느낌대로 새로 창작하면 되지 않을까란 생각이 들었고, 편곡으로 시작한 시도는 점차, 대충 이런 코드에 이렇게 부르면 되지 않을까로 넘어가서 작곡을 하게 되었다. 그때는 코드 진행을 전혀 모를 때라 어림짐작으로 코드를 하나하나 뜯으며 A 뒤에 B가 오면 어울린다, C가 오면 어울리지 않는다, 이렇게 어울리는 것을 찾는 식으로 노래를 만들었다. 그래서 그때 연습장을 보면 자기가 찾은 코드진행이 머니코드*인 줄도 모르고

---

* 말 그대로 돈이 된다는 코드로, 수많은 팝과 대중가요에 쓰인 코드다.

적어놓았는데, C-G-Am-F와 G-D-Em-C가 조옮김이란 지식도 없는 채 두 개를 다른 코드 진행으로 이해하고 있었다.* 이 무식한 작곡 방법은 정말 군대가 아니었다면, 온갖 수를 써도 시간이 안 간다는 말년 병장이 아니었으면 실천하지 못했을 방법이다.

군인이라고 하면 2년 동안 시간을 허비한다고 한다. 맞는 말이다. 해병대, 수색대 앞에서 발언권 없는 공군이라 억울하다고 말했지만, 사실 부대에 따라 아무 자유시간도 갖지 못하고 2년 동안 산만 타면서 고생이란 고생만 하다가 나오는 군인이 대다수임을 알고 있다. 그들에 비하면 나는 정말 운이 좋았다고 생각한다. 비교적 부대 분위기가 온화했으며, 취사병을 선택했기 때문에 자유시간을 많이 가질 수 있었다. 다만, 오해의 소지가 있으니 이 부분은 확실히 하겠다. 혹시라도 이 글만 보고 '앞으로 내 자식은 무조건 취사병이다!'라고 생각하는 부모님들이 있을 수 있으니 말

---

*　음의 높낮이가 다를 뿐이지 두 코드 진행 모두 머니코드다.

이다. 공군이 무조건 편하다고 장담할 수도 없고 앞서 말했듯 취사병(급양병)은 헌급방이라고 하여 공군에서 가장 힘든 3대 노가다 병사로 불린다. 취사병은 남들이 훈련을 받을 때 자기만의 시간을 가질 뿐이지, 절대적인 자유시간은 적어서 오히려 휴가를 하루 더 받는 병과다. 군대 또한 다른 모든 것들과 마찬가지로 본인의 노력 여하에 따라서 달라진다고 생각한다.

부대에서 모범병사였던 한 선임이 떠오른다. 이분은 나에게 기타를 가르쳐주었던 그 선임으로, 서울대를 다니다 입대하여 당시 많은 부대원들에게 도대체 서울대는 무엇이 다를까* 기대를 품게 한 사람이었다. 이분은 정말 모든 것이 모범 그 자체였다. 사용하는 언어가 바르며, 일과 시간엔 솔선수범하는 부지런함을 보여주었다. 일과가 끝난 후에는 매일 운동과 공부를 하며 자기 발전에 매진하였다. 보통 이런 사람들은 자신만의 우물에 빠져 타인을 도외시하고 책상 앞에만 쭈구

---

* 여담이지만 우리 부대에 서울대가 두 명이 있었는데 한 명은 모범병사, 한 명은 관심병사가 되었다. 서울대는 역시 어느 쪽이든 극한값을 갖지, 평범하지는 않다는 생각이 든다.

려 있기 마련인데, 이분은 부대 전체 사람들에게 항상 건설적인 방향을 제시하며 여러 사람을 이끌었다. 당장 나만 해도 이분에게 기타를 배웠다. 지금 글을 쓰면서도 현실에 이런 사람이 존재한다는 것이 말도 안 된다는 생각이 든다. 무슨 명심보감 같은 고전에서 튀어나온 듯한 분이었다. 이분이 군대에 있는 동안 공부하는 모습은 모든 부대원들에게 등대처럼 빛이 되었으니, 이분을 따라서 꽤 많은 병사가, 심지어 6시 이후는 퇴근으로 부대 밖으로 나가도 되는 군간부도 같이 공부하자고 부대에 남았을 정도였다. 그러니 군대에서 모두가 시간을 버리는 것은 아니다. 아마도 이분은 어떤 부대에 어떤 보직을 맡았어도 성실하고 열심히 자신만의 시간을 가꾸었을 것이다.

군 기간이 힘든 기간임이 맞다. 그러나 인생이 어떻게 풀릴지는 누구도 알 수 없다. 새벽기상을 괴롭게만 생각할 수도 있고, 새벽기상을 하는 대신 오침 시간을 얻어 자신만의 집중 시간을 얻었다고 좋아할 수도 있다. 그러니 입대를 앞두고 걱정을 하는 사람이라면 너무 일찍 군대를 판단하지 않았으면 좋겠다. 이 글을 읽는 당신이 군복무를 하지 않아도 되는 사람이라면 군복무를 해야 하는 사람들에게 복을 빌어주길, 그리고 군복무를 해야 하는 사람이라면 그 복을 받길 바란다.

나가며

전역: 군대에서 가장 맛있는 식사

Q. 다시 돌아가도 취사병을 하실 건가요?

A. 그걸 왜 다시 돌아가요?

군대에서 가장 설레는 단어를 꼽으라면 단연 전역이다. 전역이 코앞으로 다가온 말년 병장들은 매일 저녁을 먹을 때마다 설레서 '저녁'(전역)을 외치곤 한다. 당사자를 제외한 모두에게는 꼴불견이지만, 사실 그때만큼 행복으로 충만한 시기가 없다. 원래 주말보다 주말을 기다리는 금요일 저녁이 더 행복한 법이다. 말년 병장들은 사회에 나가면 공부를 열심히 해서 장학금도 받고, 학원을 다녀서 자격증도 따고, 동아리에도 활발히 참가하다 달콤한 연애도 하겠다는 등 다양한 기대를 하곤 한다. 지난 2년 동안 정말 말도 안 되게 고생하고 치열하게 살았기 때문에 그렇다. 독한

선임 비위를 맞추며 각종 훈련을 거치면서 고생을 견디는 인내심을 얻었고 외부와 차단이 된 만큼 자신을 돌아보는 시간이 많았다. 인내와 자아 성찰이 있으니 전역을 앞둔 병장들은 이제 사회로 돌아간다면 자기가 깨달은 대로 행하리라, 결심한다. 그러나 금요일 저녁에 꿈꾸던 주말과 실제 주말이 꼭 일치하지 않는다는 걸, 우리는 수많은 주말을 보낸 경험으로 알고 있다. 나는 전역하고 바로 다음 주에 군대에서 모은 월급으로 텝스 학원에 등록하여 그동안 부진했던 영어에 대한 도전정신을 불태웠으나 두 달을 다녀도 영어 실력은 늘지 않았고 결국 2년 동안 힘들게 모은 통장 잔고만 불타 없어진 것을 확인했다.* 인간은 망각의 동물이고 적응의 동물이다. 군대에서의 치열함은 잊고 사회의 안락함이 익숙해지는 것을 통해 사회화를 하니, 인간은 또한 사회적인 동물임이 틀림없다.

---

* 2023년도는 이병 월급이 60만 원, 병장 월급이 100만 원으로 인상되어 군대에서 2년 동안 모은 월급으로 겨우 학원 두 달을 다녔냐고 의문을 가질 수 있다. 2011년도 군번은 이병 월급이 7만 원, 병장 때 10만 원 수준의 월급을 받았다.

살짜쿵 군대요리

전역자들은 그동안 복무했던 부대를 나가기 전날에 부서별 회식을 했다. 그동안 같이 고생한 부서 후임들에게 한턱을 쏘는 의미도 있고 야자 타임 등을 통해서 그동안 하지 못했던 솔직한 이야기를 나누기도 한다. 그동안 자신이 어떻게 군 생활을 했는지는 이 시간을 통해 알 수 있다. 그 동안 후임들을 괴롭히는 데 앞장섰던 선임이었다면 나가기 전날 모포로 돌돌 말아 구타를 가하는, 일명 멍석말이를 당하기도 한다. 모포는 너무 심한 부상은 방지하면서 가해자를 확인할 수 없도록 만든다. 부대에 막 들어왔을 이등병 때만 해도 선임들이 후임을 구타하는 악폐습이 있었다고 들었고 타 부서 선임들이 이 멍석말이를 당하는 모습을 보곤 했다. 그러나 점차 군대에서 가혹행위가 사라져 갔던지라 전역할 때쯤엔 다들 회식만 하는 아름다운 모습을 보았고 간혹 전역하는 선임에게 불만이 있더라도 인디언밥 정도로 귀엽게 복수를 하였다.

군대 회식이라고 하면 색다를 거라 기대할 수도 있는데 우리도 똑같이 배달음식을 시켜 먹었다. 다만 산골에 있는지라 배달되는 음식의 종류가 한정적이었다. 근무했던 부대는 치킨, 피자, 보쌈 세 가지가 전부였다. 그중에서 치킨은 이 부대에서 오래 계시다가 전역한 간부가 열었다고 들었는데 생전 듣도 보도 못한 브랜드였고, 그 맛 또한 오묘했다. 물론 취사병들이 만드는 치킨에 비할 바는 아니었지만 2년 내내 회식이 있을 때마다, 면회 오는 사람들도 주로 이 치킨을 사 왔기 때문에 부대원들에게 인기가 많지는 않았다.

전역자가 배달음식파가 아니라면 바비큐 파티를 열기도 했다. 부대 위쪽에 있는 연병장에서 반 자른 드럼통에 숯을 넣은 뒤 불판을 깔고, 그 위에서 삼겹살이나 목살을 구워 먹고는 했다. 다만 이건 부서장과 친분이 높아야 가능했다. 외부에서 고기를 사 와야 했고 정해진 지역을 떠나기 힘든 군인 특성상 일과 시간이 아닐 때 연병장에 모이는 것도 허가가 필요한 일이었기 때문이다. 당일 당직사관의 허가까지 얻는다면 부서장의 주관하에 약간의 술을 마시기도 했다. 바비큐 파티를 할 때면 취사병들에게 밥과 김치를 부탁하기도 했다. 취사장에서 밥과 김치는 대체로 여유가

살짜쿵 군대요리

있고 전역자들이 맨입으로 부탁을 하지는 않기 때문에 밥과 김치를 기쁜 마음으로 제공하고 삼겹살을 얻어먹곤 했다.

취사병들은 전역하면서 각자 자신이 좋아했던 요리를 했다, 라고 말하면 요리왕 비룡 같고 멋있어 보인다. 하지만 그런 낭만 따위는 존재하지 않았다. 취사병들도 똑같이 전역할 때 배달음식을 시켰다. No.3가 전역할 때는 보쌈을 시켰었고(이 글을 쓰며 이유를 물어봤는데 자기가 좋아했기 때문이라고 답했다), 바로 위 No.4가 전역할 때는 보쌈에다 피자, 치킨까지 3종 전부를 시켰었다(전역하는데 그 정도는 해야 한다는 대답을 들었다). 그렇지만 나는 20대 때 낭만으로 벌인 일들이 너무 많은 청년이었다. 나름 취사병으로 근무했는데 다른 병사들과 똑같이 배달음식을 시켜 먹을 순 없다고 생각했다. 그래서 말년 휴가를 다녀오는 날 훈제 오리고기를 사 왔다. 삼겹살은 부서 회식으로도 먹을 수 있었고 소고기는 군인 월급으로 가까이 하기 힘든 식재료였다. 그래서 오리고기는 특별했다. 맛있지만 비싸지도 않고 군대에서 자주 나오지도 않아 귀하다. 군대에서 오리고기가 나오는 건 정말 손꼽을 정도인데 심지어 훈제는 절대 나오지 않는다.

당직사관에게 복귀신고를 하면서 짐 검사를 받았는데 취사병이고 말년 회식이라고 하니 통과를 시켜줬다. 부서원들을 불러 자리에 앉히고 대형 솥에 훈제 오리를 볶는다. 250인분 요리를 하는 솥이기 때문에 화력이 엄청나다. 가장 작은 화력으로 솥을 달구었다. 사실 훈제는 조리가 다 끝나 전자레인지에 돌려 먹어도 되는 간편식이다. 다만 불맛을 담아야 하기에 대형 솥을 선택했다. 잠깐 익히는 정도지만 고작 5인분이기 때문에 타기가 쉽다. 짧은 시간이지만 신경을 쓰며 훈제 오리를 볶았다. 솥 안에 고기를 정리하며 그동안의 군생활을 돌아봤다.

힘들지 않았다고 하면 거짓말이지만, 그래도 할 만했다. 욕도 먹고 욕도 했다. 겨울엔 얼어터질 것 같은 손을 잠깐잠깐 따뜻한 물에 넣었다 빼며 요리를 했고, 잠을 자다 손가락이 저려 깨는 날도 있었다. 땀 뻘뻘 흘리며 면요리를 준비하는 날이면 허리가 쑤셨다. 국군양주병원을 찾아가

물리치료를 받기도 했다. 새벽에 일어나 창고에서 가스를 켜는데, 거기에 가끔 출몰하는 곱등이가 너무나도 싫었다. 잔반이 배출되는 하수구가 막혔을 때 뚫는 건 전역할 때가 되어도 적응이 되지 않았다. 그래도 결국 다 지나갔다. 그동안 요리를 배웠고 운동을 했다. 기타를 배웠고 작곡을 해봤고 습작도 열심히 썼다. 선임들이 무서워서 스트레스도 받았지만 그래도 물리적으로 맞은 적 없으니 이 정도면 정말 훌륭한 군생활이다. 모든 시련은 마주쳤을 땐 허덕이느라 그 실체를 자세히 보지 못한다. 그러나 시련을 극복하고 나면 그동안 얻은 것들이 보인다. 불맛을 입힌 훈제요리를 식판에 담았다. 이것이 취사병의 마지막 군대요리다.

입대를 하고 한동안은 내가 왜 그렇게 급하게 군대를 왔을까 후회도 했다. 남자들 사이에서 취사병은 군인으로 인정받지 못한다. 군대 이야기 좀 하려고 하면 자기들이 총 들고 나라 지키는 동안 국자 들고 국 온도나 지켰다고 면박을 준다. 어차피 취사병으로 지원할 거면 공군이 아니라 육군으로 갔더라면 3개월 더 짧았겠다는 후회도 했다. 하지만 전역을 한 이후로는 그런 생각이 들지 않았다. 2년 동안 요리를 배운 그 시간은 너무나도 유익했다. 전역 후 MT를 가서는 칼질 좀 하는 선배가 되었으며, 취업 후 회사 점심을 직접 싸 가지고 가 벌크업에도 도움을 주었고, 지금도 주말이면 배달음식이 아니라 수제 요리로 배를 채우니 건강까지 챙겨준다.

　지금과 다른 삶을 살기 위해선 지금까지와 다른 경험을 해야 한다는 말이 있다. 군대라는 원치 않았던 경험은 그동안 몰랐던 요리에 대한 관심과 흥미를 발견하게 만들어줬다. 덕분에 나는 아마추어지만 요리를 한다. 내가 좋아하는 것들로 장을 봐서 맛난 한 끼를 준비하는 재미를 알게 됐다. 거기다 세상에서 가장 재미없다는 군대 이야기인데, 요리를 했기 때문에 글쓰기까지 하고 있지 않나. 남들은 골병들어 나오지 않으면 다행이라는 군대에서 요리와 소재, 두 가지를 얻어 나왔으니 이 정도면 정말 성공한 군생활이지 않을까. 군대를 재수해서 들어갔고, 요리와 친해졌고, 나와서는 책을 한 권 출간한다. 세상 일은 정말 알

수 없다. 그래서 세상은 우리는 알지 못하는 행복
으로 가득하다.

살짜쿵 군대요리

초판 1쇄 발행 2023년 6월 2일

지은이 김지우
펴낸이 강수걸
기획실장 이수현
편집장 권경옥
편집 이선화 강나래 신지은 오해은 이소영 김소원 이혜정
디자인 권문경 조은비
펴낸곳 산지니
등록 2005년 2월 7일 제333-3370000251002005000001호
주소 부산시 해운대구 수영강변대로 140 BCC 613호
전화 051-504-7070 | 팩스 051-507-7543
홈페이지 www.sanzinibook.com
전자우편 sanzini@sanzinibook.com
블로그 sanzinibook.tistory.com

ISBN 979-11-6861-145-0 03810